心绘文学馆·成长小说

那年春假

［日］汤本香树实 著
王蕴洁 译

南京大学出版社

总序

比肩同行 重访青葱

霍玉英

香港儿童文学文化协会会长、前香港教育大学副教授

儿童文学对儿童成长有何意义与价值？儿童文学研究者培利·诺德曼（Perry Nodelman）强调孩子在当中所得到的是"乐趣"，而彼得·亨特（Peter Hunt）则要求"有用"，且不单要"好"，还得"有益"。上述所谓的"乐趣""有用"及"有益"，其实都关系着"成长"二字。儿童文学既让孩子的知识与学问有所增长，并在博识明理后能解难释疑。此外，想象的开拓，态度与情感的培养，更能丰富生命的本质。

儿童日渐成长，他们既要直面往昔不曾深涉的社会现实，又要接受身心飞速变化的自己；既有与社会的冲突，又有与自我的矛盾。他们很容易感到迷茫、困惑、焦虑，而这些动荡的心理变化和不稳的情绪，都深深影响着他们的成长。因此，这一群介于儿童和成人之间的特殊读者，也应该有人为他们发声，有属于他们的文学——青少年文学[1]。在青少年文学中，小说是重要的一环，而写实小说对情境、情绪、社会情况都有真实的描绘，多元的题材不单切中青春期少年的心理特质与需求，并能提供替代性经验以理解、面对、消解困境与迷惑，成长小说正配合了青少年读者的阅读需要。[2]

阅读成长小说，既可促进青少年的"个人成长"，又与他们的"语文学习"息息相关。阅读始点在于"趣味"，但儿童文学与青少年文学的"趣味"也许有别，儿童的"趣味"多在游戏、诙谐及幽默；青少年的"趣味"更多在于其引发的启蒙。成长小说不避社会阴暗，致力打破禁忌，从阶级、性别、种族、战争、死亡等议题，披露社会现实。在成人看来，这些题材或许负面、敏感，但对少年读者而言，它们可以唤起同理心，可以从字里行间看见自己；可以产生替代性的阅读体验，丰富他们对社会人生的体认。因此，更有学者认为启蒙与成长，是少年小说的永恒主题。

成长小说因为涵盖情节、人物、背景、主题、风格等方面，既讲求表达手法，也要求读者有较高、较佳的语文能力与文学修养，从而理解、鉴赏、驾驭开阔的主题和意味深远的长篇作品。以人物的设置与塑造为例，小说中既有描绘完整的"圆形人物"，又有局部或单方面描述的"扁平人物"，用以推动故事情节。再者，推动情节中不可或缺的是冲突，包括"人与自我的冲突""人与人的冲突""人与社会的冲突"及"人与自然的冲突"。可见，在文学领域常见的技巧与手法，在成长小说中也多有出现，足以培养少年读者的阅读兴趣、能力与文学修养。

"心绘文学馆·成长小说系列"的出版，为青少年提供优秀的文本，在促进他们"个人成长"的同时，还提升"语文学习"的成效。再者，借助这些作品，家长与教师有了重访当年青春岁月的机遇，在细读与反思之间，更能设身处地，了解青少年的困惑与迷惘，并通过感受、体会与包容，与那些敏感、躁动的心灵并肩同在。

---

[1] 青少年文学的读者年龄范围大致介于儿童和成人之间，学者间没有统一标准的意见，一般以 11 至 18 岁青少年为创作对象。

[2] "成长小说"（bildungsroman）以歌德的《威廉·麦斯特的学习时代》为标志。郑树森指"成长小说"一词，在西方一般指 bildungsroman，是从孩开始，直至成年，并在离家、经历社会的阶段结束，属长篇作品。其间，有经历青少年时期的"启蒙时刻"，如以短篇来写这个时刻，就称为"启蒙短篇"（initiation story）。简言之，广义的成长小说是长篇，写成长中的不同阶段；狭义的成长小说则指写当中一个短时期的启蒙主题。见李文冰记录整理（1996）：《寻找书写的潜力和脉络》，《幼狮文艺》总第 510 期，P4—24。

作者序

自由与追问

汤本香树实

所谓的自由到底是什么?——在和这本书的主人公智美差不多大的时候,我的心里就有了这个疑问。产生这个问题的契机是,那个时候,我就要升入中学了。虽然我不想去父母为我选定的学校,但由于支付学费的是父母,所以我无法反抗。果然,和我预想的一样,学校里没有我追求的东西。于是,我开始泡在图书室,为了追寻内心的自由而开始读书。

关于自由的书有很多。比如说，世界上首个明文规定职业选择自由的国家是到20世纪（对于当时的我来说就是"眼下的世纪"，也就是说离我非常近）之后才出现的，这件事情也是我在图书室才知道的。在那之前，在全世界，从事和父母同样的职业、和父母在同样的场所用同样的生活方式生活不仅是理所当然的，同时也是一种义务。这其中包含的意义是，父母对于孩子来说是生活的模板。然而，当孩子得到了选择和父母不同职业的自由的时候，父母就不足以成为孩子的完美范本了。任何人都必须自己去摸索、寻找自己的生活规范。于是，不安就产生了。

也就是说"自由"与"不安"是成对出现的东西，没有办法把他们分离。——我在图书室里读到的某本书里是这样写着的。我意识到我自己不自由（上着父母决定的学校）的同时，也是非常自由的（职业和生活方式没有被事先决定好）。我也意识到了我之所以没有注意到这一种自由，是因为我的心被不安所占据着。

我会成为什么样的大人呢？我到底能不能在这个世界生存下去呢？智美所拥有的不安，是她为了获得自由并生存下去而必然产生的东西。

从那之后长久的岁月中，无论是"不自由中的自由"，还是"自由中的不自由"，我都有了一定程度的真实经历和实际体验。虽然有人说正是在不自由当中才有自由，但我又想，如果自由没有了不自由这个前提条件就无法成立的话，这个自由是不是有点太小了呢？话说回来，有时候我也会想，依靠肉体才能活下去的人类，有可能获得真正的自由吗？

问题里包含着答案，所以问题比答案更宏大。

所谓的自由到底是什么呢？这是我十几岁的时候产生的难以忘怀的问题。或许只有不断追问这个问题，才能找到通往更大的自由的道路。我祈愿读了这本书的各位，是不断对这个世界产生追问的人。

（翻译 黄超凡）

目录

01 马路上的猫　　　　/1

02 和小哲一起探险　　/45

03 可怕的事　　　　　/79

04 阿公的秘密　　　　/105

05 阿姨生病了　　　　/151

06 我的决定　　　　　/181

07 生活仍会继续　　　/211

名家推荐·角田光代　/229
编辑荐文·余丽琼　　/241

马路上的猫

从去年夏天开始,我做什么事都提不起劲。成绩下滑、中学考试落榜,经常感到头痛……我像螺丝松掉的时钟钟摆悬在半空中,只能慢慢地停下来。

有怪物，怪物要来了……！

很多人大呼小叫着拔腿而逃。虽然我不知道自己长什么样，但既然大家都落荒而逃，可见我真的是怪物，但他们的叫声听起来像在调侃，让我忍不住有点懊恼。

快跑啊，快跑啊，那个怪物很笨，只要跑得快，就不会被抓到。

一个陌生的男人经过我身旁，对我吐着舌头逃跑了。虽然我想抓住他，但浑身沉重，好像在泥土上奄奄一息的鱼，甚至不知道该怎么活动自己的手，只能从腹底深处发出可怕的叫声。我停在原地，闭上眼睛，好像要把在体内翻腾的毒素吐尽般声嘶力竭地大叫。啊,太畅快了。这下他们绝对会吓得发抖。我心满意足地继续大喊大叫。

四周空无一人,"有怪物、有怪物"的叫声也早就听不到了。我继续大叫,孤独地大叫。其实我也不想变成怪物。我暗自这么想着,一次又一次大叫。

"这个世界上最可怕的东西是什么?"

突然被问到这个问题,我的身体好像完全被挖空般飘了起来,但这种感觉只持续了一眨眼的工夫。我醒了。

我不想起床,总觉得即使起了床也没用。我就像沉入沼泽地的鳄鱼,几乎要再度坠入沉睡的世界。噗噜噗噜噗噜……

"我是鲨鱼。"双层床的下方传来声音。

鲨鱼?小哲为什么是鲨鱼?

"因为鲨鱼最可怕。"

我想起了刚才的梦境。最近经常做相同的梦。

"姐姐，那你呢？"

这个世界上最可怕的东西……？

"怪物。"我回答。

"怎样的怪物？"

"不知道。"

"哦。"小哲嘀咕，接着说，"我觉得被鲨鱼吃掉最可怕。"

"只要不去海边就好。"

"搭飞机也可能掉进海里啊。"

那就不要搭飞机啊。我原本想这么说，但最后还是作罢，用被子蒙住了头。

昨天的毕业典礼糟糕透了。我在毕业典礼上代表全班领取毕业证书，但在典礼开始时，就觉得身体很不舒服。听到台上叫着每个同学的名字，我满脑子只想着应该是早餐吃的凤梨有问题。

"请桐木智美代表这三十九位同学来领取毕业证书。"

听到叫声，我走上台，只觉得额头上方一阵抽痛。校长朗读毕业证书时，我头痛欲裂，额头好像被两块铁板夹住了。我接过毕业证书，小心翼翼地鞠完躬，站在台上转身。爸爸、妈妈在哪里……所有人的脑袋就像黑色波浪般摇晃。

然后，我重重地向后倒下，就像漫画中昏倒的画面。

"扑通"一声。大家的毕业证书撒了一地。

得知当我失去意识时，把我抱去保健室的竟然是班导师野口，我更加沮丧了。野口一整年都穿同一套运动服，全校的女生都知道，他最喜欢叫学生练俯卧撑和跳绳。女生跳绳的时候，他的眼睛会情不自禁地瞄向胸部丰满的女生。

"如果我养了鲨鱼，就要命令它把那家伙吃掉。"

听到小哲的声音，我猛然清醒。那家伙？那家伙是谁？我从床上探出身体，看到小哲躺在被子里，正在翻阅已经破旧的图鉴。

"那家伙是谁？"我问。

这时，门被用力打开了。

"既然已经醒了，就赶快起床啊。"妈妈既不敲门，也没有说早安，就直接闯了进来。

我躺在床上，对妈妈挥挥手说："路上小心。"

"头还会痛吗？"妈妈探头看着我的脸，"你的脸色很差。"

"我觉得好像快要痛了。"我钻进被子，"你知道从今天开始放春假（编者注：日本的学校一般是三学期制。中小学从三月底到四月初会放约半个月的春假，四月开始进入新学年）吗？"

妈妈叹了一口气说："我看是因为你脑子里的螺丝松了。等一下记得去倒垃圾，妈妈一个人拿不了那么多，其他的就拜托你们了。"说完，她和往常一样，像一阵风般出门上班了。

我不知道这种情况算不算是"螺丝松了"，但我觉得不像是，更像是我整个人成了螺丝松掉的时钟钟摆。

去年夏天，我没有游过一次泳。秋天之后，也不再和朋友一起玩。圣诞节前后，连钢琴也不弹了。差不多从那之前不久开始，我经常感到头痛。冬天的时候，我被踢出了补习班的资优班，但我并没有更改志愿学校。我觉得这未免太奇怪了，只要稍微用功一点，成绩一定可以进步；只不过我的脑袋愈来愈昏沉，虽然暗自着急，继续去补习班补习，但最后报考的两所中学都落了榜。我像螺丝松掉的时钟钟摆悬在半空中，只能慢慢地停下来。

我拎着垃圾袋走到门外，乌云布满了整个天空。灰色的天空好像快下雪了，灰色的冷光、灰色的……那是什么？有什么东西在马路的角落。

它伸直了四肢，紧闭着眼睛和嘴巴。可能被车子碾到了，但身上并没有血。那是一只灰色大猫，四肢和尾巴都很粗。

我战战兢兢地用指尖碰了碰它，柔软猫毛下的身体硬得像石头。全身已经冰冷。

"那是什么？"小哲拎着另一个垃圾袋走过来，像玉米须般的干燥刘海竖着，扣错纽扣的衬衫也从长裤里跑了出来。这么寒冷的季节，他没有穿毛衣，也没穿袜子，看起来就像是被狂风吹走后终获救援的人。

"死了吗？"小哲问。

"可能被车子碾过了。"

小哲听到我的回答，眯起眼睛点了点头："猫看到车灯会吓得愣在原地，然后就被撞了。"

"你倒是知道得很清楚嘛。"

"书上写的。"

又来了。我忍不住想。小哲说的话都是从图鉴和某某百科上现学现卖的。

"是公的。"小哲说。

"你怎么知道？"

"有这个啊。"他指着猫尾巴根部两颗圆滚滚的球，那球有点像是长了毛的樱桃。

"还真是。"

"应该是很厉害的猫老大,来这里扩张地盘。"

"猫也有地盘吗?"

"有啊。"小哲点点头,"要怎么处理它?"他的目光完全被猫吸引。

"告诉阿公,请他打电话去相关单位,请他们派人来处理。"

"相关单位?"

"我也不清楚……应该是卫生所之类的地方会来收吧。"

很久以前,我曾经看过一辆卡车把被车子碾死的狗载走。我都没有开口问,两个穿着连身工作服的男人就告诉我:"你看,脖子上不是有项圈吗?被养久了变得傻傻的,迷了路,失去了正常的判断力,结果冲到马路上。"那是一只浅棕色的短毛狗,瘦巴巴的,看起来好像是光着身体的人。看着它僵硬的身体,我以为是自己被车子撞到，被那两个男人抱了起来。真正的我已经附身在那只狗身上，不知道去了哪里……那天之后，有很长一阵子，我会不时捏自己的身体，确认自己还活在世上。那次是我第一次看到死去的动物。

"可以给我吗？"蹲在地上的小哲抬头看着我。

"啊？"

"没问题吧，反正你只是打算找人来载走而已。"

小哲去垃圾收集站拿了一张硬纸板回来，用脚尖踢着死猫僵硬的背慢慢移动，总算把死猫挪到了纸板上。他张开双臂抓住纸板的两端，好像端着托盘般小心翼翼地走了起来。因为太重的关系，他的手有点发抖。猫的脑袋有一半露在纸板外，嘴里垂下一条血丝，宛如红色的线，掉落在灰色的柏油路上。

"你要怎么处理？"

小哲没有回答我的问题，直接走进家里的庭院。

"我在问你话啊。"

真是的。不知道他在想什么。我把小哲的垃圾袋也一起拎了起来。

吃完早餐,洗了碗之后,我立刻回到二楼。小哲又在床上看图鉴,这次看的是飞机图鉴,可能在研究哪一种飞机不会掉进鲨鱼出没的海里。

"刚才的猫,你打算怎么处理?"我问。

小哲只是哼起了歌。

"所以,即使我告诉阿公也没问题啰?"我又问。

"姐姐。"

"干吗?"

"你上次是不是抽了阿公的烟?"

"我只是点火试试看而已。"

"什么味道?"

"很苦,超苦的。"

"这样啊……如果妈妈知道,一定会很生气吧。"

我没有吭声。小哲应该不会把死猫放进五斗柜的抽屉里吧。应该不至于……

"小哲,要不要玩黑白棋?"

"不要。"

"可以让你先走。"

"现在不要。"

小哲头也不抬,继续看着图鉴。

我下楼去浴室张望,发现脏衣服都洗好了。我无所事事地开关冰箱,在家里晃来晃去,不知不觉中,走进储藏室里发呆。这个狭小的房间光线很差,弥漫着冰冷的湿气和樟脑的味道,堆满了恐怕再也不会使用的物品。阿婆留下的桐木衣橱已经发黑，三面镜梳妆台上留下了我小时候贴的贴纸痕迹，还有装满了旧西装的木箱、积满灰尘的娃娃盒、装满了纽扣而变得很沉重的玻璃瓶、过时的百科大全……

今天我发现了让我有点意外的东西。在书架和桐木衣橱之间的位置，上面盖了一条被虫蛀过的毛毯。如果毛毯上没放着前年夏天在海边买的草帽，我可能不会特别注意到它。

掀开毛毯，发现下面是妈妈的旧风琴。打开冷冰冰的黑色琴盖，能看见三个可以选择音色的音栓，泛黄的琴键，有纹路的木板，品牌的名字，所有的一切都很陈旧。我以前看过一张妈妈小时候坐在风琴前的椅子上、转头看向镜头的照片，好像在说："我现在要弹啰。"亲眼看到这架风琴，妈妈小时候的样子突然出现在眼前，却像是很遥远的过去——几百年那么遥远的过去。妈妈明明每天和我们生活在一起，我之所以会有这种感觉，也许是妈妈活在属于她自己的时间中,我也活在属于我自己的时间中。这种想法让我有一种奇妙的感觉。

我插上电源,打开开关,虽然没有碰触琴键,却隐约听到了声音。我把耳朵靠过去,所有的琴键都发出微弱的声音,很像是某种……对了,很像是冬天的早晨远处高速公路传来的声音。声音愈来愈大,愈来愈清晰,好像有好几个色彩缤纷的金属环在不停地打转。

"这架风琴已经不行了。"阿公不知道什么时候走了进来,看着我说道。他衔了一支没有点火的烟,肥胖的身体挤进衣柜和书架之间来到我身旁,把手伸向风琴的开关。

这时,我听到了雷声,但那是风琴发出的声音,我想,阿公的手不会是被风琴咬住了吧?我说:"不要把开关关掉!"

阿公吓了一跳,缩回去的手刚好挡在了我面前,于是,我们两个人都动弹不得。轰隆隆的声音才刚停止,随即又响起比刚才更响亮的声音,持续不断,经久不息。在最后一阵好像巨人咬碎岩石般的可怕声音后,储藏室终于安静下来,我感受到阿公的身体放松了。

"这是妈妈小时候弹的琴吧?"

"是啊,"阿公点了点头,"这架琴也是一把年纪了。"

阿公懒洋洋地蹲下来,拔掉了风琴的插头。

"要先整理才行。"阿公说。

"整理?整理这个房间吗?"

阿公没有回答,点了烟,开始吞云吐雾,一边端详着书架。

"阿公,你来这个房间,小心膝盖又痛了。"

这个房间平时光线就很差,再加上最近阴雨不断,纸拉门因为湿气膨胀起来,一层一层看起来像千层酥一样。灰尘的味道让我的鼻子深处感到刺痛。

"妈妈说,改建的时候,要把这个房间里的所有东西都处理掉。"

阿公一边抽着烟,一边把因为受潮而粘在一起的旧书一本一本分开,不时用力咳嗽,就像是快要坏掉的机器冒出大量的烟。顽固老头子。我暗想道。阿公总是我行我素,从来不向别人解释,更不会和别人商量,当然更不可能倾听别人的意见。所以他不戒烟,即使咳嗽也不去看医生,在充满霉味的房间里整理破烂。这种时候,我很讨厌阿公。

"阿公这阵子有点奇怪。"我在上铺说。小哲不再哼歌,但也没有回答我。

"整天做一些没有意义的事,这次又突然说要整理储藏室。"我继续说。

"……"

"以前经常抓漏(编者注:房屋补漏)。"

"……"

"还曾经帮我做过书架。"

"……"

"庭院现在也丢着不管。"

没有任何回答。我坐起来,探头向下铺张望,小哲趴在床上看书。我再度仰躺下来,伸了一个懒腰。反正小哲什么都不知道。阿公到底怎么了?对了,不光是阿公,爸爸和妈妈也不知道怎么了。爸爸这阵子都去他为了翻译工作而租的公寓,只有偶尔回来拿换洗衣服而已。

"大家都很奇怪。"小哲突然开了口,我吓了一跳,再度向下铺张望,仍然只看到他头顶上的发旋。

"都是那家伙的错。"小哲说。

"那家伙是谁?"我问,我想起小哲之前说要叫鲨鱼吃了那家伙。

"那家伙到底是谁啦?"我问。

小哲又不吭声了。但该不会是……我不太愿意想这件事。

小哲把那只猫的尸体藏去哪里了？他似乎没有心神不宁，也没有比平时沉默寡言，说的都是"蛇和獴打架，不知道谁会赢"这种无关紧要的话。也就是说，他和平时没什么两样。像往常一样，天黑之后，妈妈回了家，然后一家人像往常一样开始吃晚餐。小哲像往常一样，被妈妈骂了一顿后，终于慢吞吞地吃完了一半的饭菜。当他吃完之后，妈妈又像往常一样追着他，叫他"赶快去刷牙"。然后他和我又像往常一样上了床，我看了几页漫画，关了台灯，然后又像往常一样入睡……照理说，一切都应该和往常一样。

半夜时，我没有做梦，却突然醒来，虽然漆黑一片，但感觉小哲好像在做什么。我昏昏沉沉地观察他的动静，发现小哲在睡衣外披了运动夹克，难得特地穿上袜子，走出了房间。

我想要叫他，但随即改变了主意。我起身沿着梯子走下床，也穿上夹克，来到走廊上。冰冷的楼梯才下到一半，就听到开后门的声音。原来他要出门，但为什么要出门？

月光皎洁。户外的空气比我想象中更加柔和，明天可能会下雨。小哲蹲在屋后晾衣服的地方，不知道把什么东西从围墙和户外储藏屋之间的狭小缝隙中拉出来。我躲在户外储藏屋后，听到纸张摩擦的"窸窸窣窣"声，不一会儿，他抱着一包用报纸包着的东西爬上了围墙。

我家的围墙情况有点复杂。首先是妈妈小时候，阿公建起的万年围墙，外侧是隔壁邻居最近建造的高大砖墙，也就是说，有双重的围墙。小哲先爬上户外储藏屋旁被风吹雨淋多年的碗柜，然后站上了万年围墙。站在万年围墙上时，邻居家的围墙差不多在他肚脐的高度。小哲把纸包悄悄放在上面，然后跨上围墙，坐在上面。他的双脚垂在邻居家,把纸包紧紧抱在胸前,深呼吸了一下,后背好像冻结般一动也不动,忽地,小哲的身影消失了。

万年围墙下长了青苔,看起来一片黑压压的。北侧角落的这个区域,围墙下方大概二十厘米的地方,一年四季都照不到阳光。我把耳朵贴在又冷又湿的围墙上,但听不到任何声音。

邻居家的樱花树突然摇晃起来,我离开了围墙。月光下,小哲白净的脸出现在围墙上方。我不由得一惊。亲戚阿姨经常说:"小哲皮肤很白净,嘴唇也是粉红色,真的很像白雪公主,如果可以和智美交换,不知道该有多好。"但他此刻的脸和平时完全不一样,看起来就像纸一样干涩,眼睛就像是从纸上剪下来的。

"你在干什么啊?"他从围墙上跳下来时,我开口问道。小哲愣了一下,但立刻兴奋地眨着眼睛。

"我把那只猫,"小哲从夹克胸前口袋里拿出折得皱巴巴的报纸说,"放到隔壁去了。"

"猫？今天早上的那只猫吗？"我说话时声音发抖，但也许并不是因为天气太冷。

"嗯。"

"你把死猫丢去隔壁了？"

"对。"

小哲从我身旁走过，用手指摸着储藏屋的板壁，走向后门。

"怎么回事啊？"

"啊？"小哲在黑暗中转过头。

"你到底想要干吗？到时候不要扯到我哦。"

小哲走了过来，他的脸再度浮现在月光中，紧闭着双唇。接着他开口说："姐姐，你应该也很清楚，都是那个家伙的错。"

我就知道。这次我终于清楚知道小哲口中的"那家伙"到底是谁了。是隔壁的爷爷。邻居爷爷和奶奶两个人住，奶奶温柔贤淑，但我家经常可以听到他对奶奶破口大骂的声音。妈妈说："不光是因为耳背的关系,从以前就这样。"因为邻居爷爷整天都在修剪庭院的树木,所以明天早上一定会发现猫的尸体。

"他讨厌猫,我很久以前看到过。"小哲说。

"看到什么?"

"他用杀虫剂喷闯进他家院子的猫。"

"不会吧?"

"我没骗你,而且他还追着猫跑。"小哲沉默片刻后,又说,"这回,就是猫给他的报应。"

"万一被他发现怎么办?"

"怕什么?被那种骗子发现也没关系。"

小哲可能看到我的脸上露出了困惑的表情,所以他又说了声:"骗子。"

问题就在于这两道奇妙的围墙。事情源自很久以前,在妈妈还很年幼的时候,我家和隔壁邻居家之间并没有围墙。当妈妈开始摇摇晃晃学走路时,阿公担心她不小心走去邻居家,会造成邻居的困扰,决定建一道围墙;但工人搞错了,把围墙建得太靠我家这一侧——也就是说,我家的庭院凭空少了近十平方米的空间,十年之后,大家才发现这件事。阿公和邻居爷爷讨论了这个问题,阿公说,等以后我家重建时,再把围墙移回正确的位置,在此之前仍然保持原状。因为阿公认为邻居家会因为院子突然变小而很不习惯。直到过了二十年后的去年秋天,我家决定重建,但阿公向邻居爷爷提起这件事时,邻居爷爷却说:"从来没有这回事。"而且立刻建了新的围墙,于是我家和邻居家之间就有了双重围墙。

我为什么会知道得这么清楚——毕竟这是很久以前的事了——当然是因为妈妈告诉了我。我去厨房打开冰箱,或是看电视时,她都会抓着我聊这些事。我猜妈妈很想和别人聊这件事。

那段时间，她几乎每天下班后，都去找律师或是其他人请教，但最后听到的答案都大同小异："事到如今，也无可奈何了。""为什么当初没有白纸黑字写下来？"妈妈每天回家都精疲力尽，从那时候开始，爸爸妈妈经常吵架，阿公经常独自出门散步，爸爸开始不归。

干脆当作我们家的庭院原本就只有这么大。有一次，我忍不住这么说，妈妈顿时脸色大变，然后问了我一句话："这样真的好吗？"我答不上来，只觉得妈妈很可怕。

我根本不想听妈妈聊这些事，因为这都是大人的事。我尽可能躲在自己房间写功课，但根本无法专心。这种时候，我总是很羡慕小哲，因为别人都不会找他聊大人的事。没有人会找幼小无助、快要升四年级了、还不太会自己穿衣服的小孩子聊这种事。

没想到小哲全都听得一清二楚。

"我曾经问阿公，为什么让那种人继续嚣张？杀掉他就解决问题了啊。"

我无法想象小哲竟然对阿公说这种话。

"阿公怎么回答？"

"他说不可以有这种念头，而且表情超可怕。"小哲怕冷，整个身体缩在晾衣架下方，"我觉得房子就像现在这样也很好啊。"

我说不出话。月光照在围墙上，也许是因为月光太亮了，所以后方的黑暗更深沉，好像在屏气凝神地听我们说话。

我果然没猜错。第二天下雨，小哲因为一大早就爬上万年围墙监视邻居家，也没有撑雨伞，所以傍晚发烧了。

"那家伙真的是坏蛋。"因为发烧而全身无力的小哲说，"他竟然和垃圾一起烧掉了。"

我当然马上就知道他在说昨天那只猫的事。邻居家有一个小型银色焚烧炉,邻居爷爷经常在那里烧落叶和剪下的树枝。我想起邻居爷爷满是皱纹、因为经常在庭院里莳花弄草而晒黑的脸,他一定是把所有东西都放在那个焚烧炉里烧掉。不光是猫,如果杀了人,搞不好也会大卸八块后放进焚烧炉里烧掉。是"绝对会"。

"我以为他会心脏病发作。"小哲很不舒服地翻了一个身。

"但他一定吓了一大跳吧?"

"才没有呢,他只是很生气,然后把奶奶骂了一顿。"

我突然忙碌起来,一下子去买药回来给小哲吃,一下子为他准备冰枕,一下子又为他加热牛奶。我觉得这些事理应由我一手包办,因为只有我知道小哲的秘密。

"姐姐。"

他的声音柔弱无力,我听了不由得感到难过,我探头向床铺张望。

"我做了一个可怕的梦。"小哲微微张开眼睛,"我因为口琴吹不好，被外星人杀了。"

"是因为发烧啦。"我说。

"教音乐的椎木老师也在，她也是外星人。"

教音乐的椎木老师是老太婆，真的很可怕。

"那个老师……"小哲干咳着，看着我的眼睛，好像要留下重要的遗言，"戴假发。"

"你怎么知道？"

"因为掉下来了。"

"假发吗？"

"对啊，起立、敬礼的时候，就'噗噜'一声掉下来了。"小哲说，但完全没有笑。

"这是梦境吗？"

"不是，是我亲眼看到的，掉下来之后，假发下面是像鱼店老板一样的短头发，而且全白了。"

小哲自言自语地接着说:"超可怕的。"然后盯着半空中的某一点。他的烧似乎还没退。

"你快睡吧,吃晚饭的时候我叫你。"

"嗯。"

小哲又补了一句:"椎木老师的事我没骗你。"才终于熟睡。

小哲发出均匀的鼻息,脸颊红红的。小哲太贼了,自己去淋雨,然后发了烧,却要我来照顾他。我才不会去淋雨,所以也不会发烧。

小哲很小的时候,皮肤因为过敏,整天都很干,经常在半夜吵闹,"好痒哦,好痒哦",吵醒阿婆。小哲生下来之后,妈妈就去上班了,阿婆整天忙着照顾小哲,小哲简直就像是阿婆的儿子。他每天晚上哭哭闹闹找的不是妈妈,而是阿婆,所以阿婆根本没时间睡觉。

阿婆死的时候,我曾经想,如果小哲没有那么磨人,她可能会活得更久。每当觉得小哲很讨厌的时候,我也很想这么对他说,但心里很清楚事实并不是这样。我比任何人都清楚，阿婆去世并不是因为小哲。

去年冬天特别温暖，我记得去年的这个时候，樱花已经开了。阿婆排尿出了问题，积了一肚子的水。在医生通知阿婆病危后的几个星期，阿婆失去了意识，但肚子里的水渐渐从她嘴里吐了出来。阿婆吐出来的水都是黑色的，妈妈一直在医院陪阿婆，无论白天，还是晚上，一直用纱布擦拭随着"咻咻"的声音、从阿婆嘴里吐出来的黑水。病房内臭不可闻，连续好几天，垃圾桶里都堆满了染成黑色的纱布。有一天，我忍不住想：

"阿婆不如死了算了。"

虽然我不愿这么想，虽然阿婆每年生日时，我都在生日卡上写：祝您长命百岁。

第二天中午，阿婆真的死了。我的想法害死了阿婆。我希望阿婆永远、永远陪在我身旁，那绝对不是说谎，但阿婆还是死了。

那天之后，我开始梦见自己是怪物。

我有时候会目不斜视地看着佛桌上阿婆的遗照，照片有点模糊，阿婆对着镜头露出笑容，但我没有真实感，不觉得她是我的阿婆。我无法顺利回想关于阿婆的事，我害怕回忆。

但是，不可思议的是，阿婆死了之后，小哲的过敏完全好了。难以想象曾经干裂不已的白净脸颊，此刻正压着摊开的书本睡得很香甜。

我轻轻抽出那本书，发现这本封面边缘已经磨损的厚书竟然是《世界妖怪图鉴》。都已经在发烧了，有他喜爱的"侦探入门"或"秘密系列"不看，竟然还看这种书。我急忙把书合起来，塞进小哲拿不到的书架最上方。因为他翻开的那一页刚好是妖怪猫。我忍不住感到不安，担心小哲在想那只猫的事，担心他以为是那只死猫作祟，所以他才会发烧。

第二天下午,小哲迈着小碎步下了床,开始换衣服。

"你继续睡吧。"

我坐在书桌前,对着妈妈的旧粉饼盒上的镜子,用美工剪刀剪刘海——我都用这种方式减少去理发店的次数。这并不是为了省钱,而是我去理发店会紧张,尤其遇到男理发师时更紧张。

左侧眉毛上方的头发剪得太短了,我想要修齐,结果这次右侧又短了。我看着镜子问小哲:"要不要去看医生?"

"烧退了,不用去。"

"要不要我帮你煮葛粉汤?"

"不用。"

"有快餐汤包,是你喜欢的蛋汤。"

"现在不要。"

"好吧。"这下我又没事可做了,"你要出门吗?"

"嗯。"小哲回答。

"现在还不能出门。"

"那我要去看医生。"

"我陪你去。"

"那我不去了。"

"不看医生,到底要去哪里?"

我心浮气躁,重新修了好几次,结果把刘海剪到只有额头一半的长度,桌子上出现了一堆细小的头发屑。啪!我用力合上粉饼盒站了起来。小哲把头塞进毛衣,在里面转了半天也没转出来。

"今天不可以出门,阿公一定也会这么说。"我说。

他的脑袋终于从毛衣里钻了出来,用力眨着眼睛。

"穿反了。"我对他说。他又把脑袋缩进了毛衣,结果POLO衫和汗衫都从长裤裤腰里跑了出来,连肚子也露出来了。我用手指戳了戳他无力转动的膝盖后方,他双腿一软,头还没有从毛衣里钻出来，就撞到了衣柜。

"你干吗啦？！"

我立刻冲下楼梯，走进有电视的房间。小哲才不会感谢我照顾生病的他，我也不想理他了。

但是，当傍晚阿公问我"小哲去哪里了？"时，我还是有点担心。我打开电视，在暖桌里睡着，完全不知道小哲什么时候出的门。他真会找麻烦……我在嘴里嘀咕着，阿公露出纳闷的表情看着我。

"怎么了？"阿公问，"你剪头发了吗？"

如果觉得我剪得很奇怪，干脆明说嘛。

"我去找他。"我戴上围巾，冲出家门。

我走去神社，沿途吐着好像隆冬般的白气。那里是小哲唯一可能去的地方。我家附近有很多坡道，每天上学时，必须越过一座山丘，学校在第二座山丘上。第一座山丘上建满了房子，并不大的八幡神社就在山顶。除非举办庙会,神社一般很冷清。破木板遮雨窗都紧闭着,周围有很多大树围绕。即使是白天,光线也很昏暗。因为附近很少有人经过,所以老师叫我们不要走那里,但如果不走那里就要绕远路,因此我和小哲经常穿越神社去学校。

石头阶梯上落满山茶花,我小心翼翼地走上阶梯,以免踩到花。我努力回想山茶花是什么时候盛开的,虽然我每天都经过这里,却怎么也想不起来。

我停下脚步,调整呼吸后转身向后看,注视着又长又陡的石阶最下方,用脚尖紧抓着石阶边缘,努力让身体保持平衡,体验着快要被吸下去的极限感觉。闭上眼睛就是犯规。我们每次玩这种"坠落游戏"时,都会紧张地叫着:"要掉下去了,要掉下去了。"小哲全身就像弯曲的钉子般僵硬,头压得很低,盯着下方,脸色已经发白了,但每次都是我先认输说:"算了,不玩了。"一个人玩完全没有乐趣……我一口气冲上最后十级阶梯。

小哲果然在这里。我在功德箱后面看到了他。他背对着我，一头乱发的脑袋从箱子后方冒了出来，心情很好地哼着歌。

我来吓唬他。

我蹑手蹑脚地走过去，用力吸了一口气。

然后，我的呼吸停止了。

靠在功德箱上的小哲没有穿长裤，连内裤也没穿。他穿着毛衣，脖子上围着围巾，光着屁股在唱歌。他是不是因为发烧把脑袋烧坏了？

"啊，姐姐。"

看到我整个人愣在那里，小哲指了指挂了内裤的树枝。我好像被催眠的幽灵般直直走过去，伸手够他的内裤，发现内裤湿透了。我立刻回过神尖叫起来。

"那是干净的，因为我洗过了。"听他的语气，好像在神社洗内裤是很理所当然的事,"还没有干吗?"

"为什么要在这种地方……?"我问。

"长裤没问题。"

小哲的长裤搭在神社门口的狛犬身上,一条裤腿翻了过来。

"没有人经过吧?"我又问。

"没有,只有面包店的阿姨而已。"

"那不就是有人经过嘛!"

"因为……我看到了蛇啊。"

"蛇?"

"那是锦蛇,我在图鉴上看过。"小哲用力眨着眼,那是他兴奋时的习惯动作,"应该是刚结束冬眠。"

"这和你的内裤有什么关系?"

"有关系啊,我去追那条蛇,结果就拉出来了。"小哲说完后,好像听了超级好笑的笑话般,"扑哧"一声笑了出来,"大便就这样'噗叽'一声拉出来了！"

"小哲！"

"只有一点点而已啦，"小哲看着我的脸，局促不安地说，"不要告诉妈妈，反正我已经洗干净了。"

"在哪里？"

"啊？"

"在哪里洗的？"

"那里。"小哲指着石阶上方雕着"净财"两个字的四方形石头。我盯着那里看了五秒钟。不知道舀水的木勺是否遗失了，所以从来没有见过那里有木勺，积满雨水的凹洞里爬满了绿色的青苔。但是……

"如果你遭到天谴可别怪我。"我说。

"这里的神明没问题。"小哲若无其事地说。我完全不知道哪里没问题。

"回家吧,如果要等它干,恐怕要等到明天。"我说。

"嗯。"小哲光着屁股,从树枝上拿下内裤,想要直接穿湿内裤。

"不要啦。"我把长裤递给他,把内裤拿了过来。

我帮他把长裤的裤腿翻好,小哲接过去后,竟然又翻了回去,然后才重新翻过来,摇摇晃晃地脱下球鞋,把自己的左脚伸进长裤右侧的裤腿。我假装没有看到。

"但要找猫好像很不容易。"在山茶花掉落的同时,小哲突然开了口。

"……你在找猫?"

小哲终于把长裤穿对了。

"听说猫在快死的时候会躲起来,所以我在想,搞不好神社会有……"

我只对他说了两个字:"拉链。"小哲低着头,拉上原本只拉到一半的拉链，但离最上方还有一厘米的距离。

"我问你，"我决定不再注意他的拉链，"你还打算做上次的事吗？"

"对。"

"即使不是猫也没关系啊，可以用很脏的长筒靴，或是垃圾之类的东西。"

"那可不行，"小哲摇了摇头，"那家伙讨厌猫。"

他把手伸了过来，似乎觉得不必继续讨论这个话题。我把内裤换到另一只手。

"猫不是很可怜吗？"我说。

"那妈妈呢？"

"啊？"

"难道妈妈不可怜吗？"

"当然……"我说到一半，陷入了沉默。我没想到他会用"难道"这种字眼。

"等我长大之后要当警察,把那个家伙抓起来,然后判他死刑。姐姐,你知道十三级阶梯吗?"

"不知道。"

"在脖子上套上绳索,走到第十三级阶梯时,脚下会悬空,绳索就会勒紧脖子,然后就死翘翘了。"

"是哦。"我脑海中仍然回响着他刚才说的那句"难道妈妈不可怜吗?"虽然我觉得听妈妈啰唆这些事很烦……

"或是把四肢和头部分别绑在五匹马上,然后带去分岔路口,用鞭子抽马,五匹马就会跑向不同的方向,就可以五马分尸。很猛吧?"

接着小哲大叫了一声:"叽!"然后摇头晃脑打着拍子,唱起了动画片的主题曲,为自己说的话配上了背景音乐。我忍不住叹气。

"没骗你,外国有这种死刑,书上写的。"小哲说。

"那是以前吧?"

"嗯,是啦。"

"你看太多奇怪的书了。"

小哲微微偏着头,张大了鼻孔。

"你这是什么意思?"我问。

"姐姐,你不懂啦。"

"我不懂。"

"不懂也没关系啦。"

"什么意思嘛!"我有点不耐烦,尖声说道,"什么十三级阶梯?谁叫你老是说一些莫名其妙的话。"

"我是说,等我长大以后……"

"即使你长大了,也不可以这么做。"我斩钉截铁地说。小哲陷入了沉默,用球鞋的鞋尖在地上画线。当他画到第七条线时,又说：

"我即使因为猫作祟死了，也没关系。"

他说话的语气，好像已经知道他会因为猫作祟而死。

他从我手上抢过内裤，拎在手上，转身离开。接着，他捡起掉落的山茶花，吸吮着花蜜，踉跄着走下阶梯。如果有人看到他的背影，恐怕会觉得他和往常没有任何不同。

黎明时分，我被小哲的磨牙声吵醒，悄悄起床走下楼，发现爸爸放在后门的鞋子不见了。他应该是连夜离开了。

昨天晚上，一家人难得围在桌子旁一起吃饭，结果还是搞砸了。全都是爸爸的错，因为他说什么"与其在这里整天纠结，干脆搬去空气和水更干净的地方"。他突然回到家，又突然在大家面前说这种莫名其妙的话，妈妈当然会生气。他们果然又吵起架来，爸爸手足无措，最后对妈妈大发雷霆，结果妈妈又哭了。我原本期待阿公会出来解围，没想到阿公说了声"我要去睡觉"就离开了，而且已经晚上了，他竟然开始整理储藏室。到最后全家都没有人说"我吃完了"这句话。

玄关也没有爸爸的鞋子。我轻轻打开鞋柜，突然觉得自己很蠢——明知道里面不可能有爸爸的鞋子，竟然还要偷偷看自己家的鞋柜。啪！我用力关上鞋柜的门。这个声音被还在沉睡的房子吸收了；被这栋风从四处钻进来，木制的雨窗关得很紧，浴室的瓷砖有很多裂缝，有很多破烂的破房子吸收了。

我走去厨房，在冰冷的地板上踮着脚，把牛奶加热。毛玻璃的窗户被染成一片蓝色，好像在海底。"啊，现在天亮得真早。"我觉得这蓝色很漂亮，但有这种想法的好像是另一个陌生人，并不是真正的我。我忍不住思考，真正的我在想什么？想着想着，觉得好像头又快痛了，于是立刻停止思考，让"另一个陌生人"

恣意使用我的脑袋。

"智美,你还记得吗?""另一个陌生人"问道,"我们小时候经常做梦,梦见这栋房子像现在这样在蓝色的、清澈的水中。"嗯,的确有这么一回事。"你一边游泳,一边打开冰箱,有时候躺在床上、看书或是吃饭。妈妈的头发在水里漂来漂去,就像是绘本里的人鱼公主。爸爸、妈妈、阿公和阿婆,还有小婴儿小哲都在水里牵着手,慢慢跳舞、唱歌。听着断断续续的歌声,大家和泡沫一起融化在水中,水里充满了阳光的味道。我们还会一口气游到天花板,换上新的灯泡。明亮的灯光立刻照进水里,真的很漂亮。"

牛奶表面浮起一层薄膜,我慌忙关了火,"另一个陌生人"也消失了。拜拜。我小声说。拜拜。

之后,我又钻回床上,喝着热牛奶。喝完牛奶后,双手捧着慢慢变冷的空杯子,等待早晨正式来临。

和小哲一起探险

我会变成怎样的大人?无论变成怎样的大人,都会和别人吵架,都会生病,最后像阿婆一样痛苦而死。一定是这样。但是,我无法停止思考。我到底会变成怎样的大人?

虽然并没有事先计划，也没有任何约定，但那天之后，我和小哲开始找猫。正确地说，是我们开始找死猫。我觉得根本不可能找到，更不知道万一找到了该怎么办，只是不想留在家里。

"这是秘密，不能告诉妈妈，也不能被阿公知道。"

在玄关穿鞋子的小哲得知我也要一起去，立刻瞪大了眼睛。

"你在说什么啊？你不怕我把神社的大便事件说出去吗？"

小哲就像是停在电线上的鸟一样缩着脖子叫了一声"姐姐"。

"干吗？"

"你的头发为什么剪成那样？"

我用手遮住了刘海。我知道刘海剪得参差不齐:"不要在这种时候说这个。"

"这种时候?"

我拉着小哲的耳朵走到门外。

邻居爷爷今天也在庭院里修修剪剪。他站在梯子上剪高处的树枝,奶奶站在下面担心地说:"老公,这样就差不多了。"爷爷用好像坏掉的收音机般的声音叫了一声:"水!"奶奶的身体弹了一下,慌忙跑回屋里,然后拿了一杯水,站在梯子下方递给爷爷。爷爷很凶地对奶奶吼道:"你在干什么啊?!水桶!水桶!"奶奶又慌慌张张地跑回家里。

"他随时都在监视,不让树木随便长高一厘米。"我小声地说。

"赶快走吧。"小哲说。

小哲抬头看着天空,太阳洒下无力的白光,他仿佛要根据太阳的位置决定自己前进的方向。看完天空后,小哲加快了步伐。

我在心里暗想:"希望老头子从梯子上掉下来。"但爷爷不会从梯子上掉下来,甚至没有发现我在看他。我的心情反而沉重起来,好像装满了水。

"小哲,等等我。"我一路跑着追上他。

我们朝和车站相反的方向,沿着工业高中后方的路直走,穿越公寓的停车场,在住宅区的小路上转了好几个弯,小哲始终不发一语。他走路时严重内八字,脚步并不稳健,奇怪的是,他走路的速度非常快。我为了跟上他,已经全身发热,甚至皮肤都感到刺痛。

风中有草木的味道,我挺直身体,把空气吸进胸膛深处。每年春天一到,就能闻到这股味道。虽然去年、前年、大前年都闻到这个味道,也一直都很喜欢,但不知道为什么,相隔一年,我再度闻到这股味道时,总觉得好像遗忘了什么重要的事。

经过远看像一条绿色隧道的高尔夫球练习场,我完全迷失了方向。一家小型豆腐店孤零零地出现在普通住家中间,沿着那条路转弯,突然来到了陡坡的上方。刚才并没有爬坡,为什么会来到坡道上方?我渐渐感到不安。

"你知道这是哪里吗?"

小哲头也不回地往下走。我看着他的背影,回想起很久以前的事。小哲在上小学之前,阿婆担心他耳朵有问题,带他去看耳鼻喉科。最后,三家医院都说他"耳朵没有异常",阿婆只能接受。小哲并不是"听不见",而是"没有听"。

"快点。"小哲走到坡道下方,不耐烦地向我招手。

"咔啦、咔啦"的金属声音愈来愈近,在坡道下方的信号灯前右转时,我才发现声音从锈铁板围起的区域内传来,油漆已经剥落的广告牌上写着"山本制作所"几个字。

"这里是哪里?"

小哲没有回答我的问题,嘴里不停地叫着:"这里,这里。"

他像往常一样,弯腰驼背地往前走。来到像是车子出入口的地方,好奇地向里面张望。

映入眼帘的是一个悬挂在像体育馆一样高的天花板上的圆盘,圆盘摇摇晃晃地降落后,吸住了四方形的大金属块。仔细一看,那个四方形的金属块是许多被压在一起的空罐和废铁。

"那个圆盘是巨大的磁铁,很厉害吧?"小哲双眼发亮地对我说,"你觉得要几个果汁罐才能变成那个四方形?"

"差不多一百个吧?"虽然我这么回答,但其实也搞不太清楚。这和猫有什么关系?

"应该不对,我觉得差不多要一千个。"

圆盘吸起四方形废铁后,送到已经堆得像一颗巨大牛奶糖的地方,只听到"咚"的一声,从圆盘上掉落的金属块落到了井然有序的牛奶糖山一角。

"我上次捡了空罐后送来这里。"小哲说完突然挥手。靠近天花板的地方是一间有玻璃窗的小房间,一个戴着安全帽的国字脸大叔向我们挥着手,他可能就是在那里操作圆盘磁铁。

"我很想操作那个,等我长大了,要来这里工作。"

"快走吧。"我突然感到很疲惫,"来这里的路上,完全没有看到猫。"

"姐姐,你先走。"小哲满脸陶醉地看着缓慢移动的圆盘,"我再看一下。"

我只好蹲了下来。如果我说:"那我先回去了。"小哲也会毫不在意地说:"好啊。"眼下只能先配合他,因为今天是他说要出门的,况且我根本不知道要怎么走回家。

真吵啊。原来是土风舞的音乐,大家都在体育馆围成一圈,跳着以色列水舞。我也和小学同学、老师以及补习班的同学拉着手，围成一圈。大家都穿着漂亮的衣服，脸上带着笑容。音乐的速度愈来愈快，我拼命旋转，好像小鸟一样，身体变得很轻盈，心情格外畅快。大家一定在说我很漂亮，说我是舞蹈天才。

这时，我猛然发现，只有我没穿衣服，光着身体在跳舞。怎么办？我环顾四周，别人似乎都没有发现。正当我想偷偷溜走时，一张奸笑的脸出现在我面前说："你就一辈子光着身体吧。"

我猛然惊醒。

天色仍然一片漆黑，外面静悄悄的。虽然有点想上厕所，但我继续赖在床上，脑袋愈来愈清醒：为什么偏偏是那张脸出现在梦里？我认识那张奸笑的脸。

那是很久以前上体育课时发生的事，我记得是五年前。班导师就是那个令人讨厌的野口。当时全班分成几组跑接力赛，我和那个男生分在同一组，当跑得慢的女生加入我们这一组时，他在那个女生耳边说："因为你在这一组，让人提不起劲来。"

除了那个女生以外，只有我听到这句话。

我扑向那个男生，在整个体育馆内追着他跑。我也不知道自己为什么这么激动，只记得当野口想要按住我时，我咬了他的手臂。野口大叫一声，甩了我一巴掌。

我既没有说明理由，也没有道歉，所以就被罚站了。至于那个跑得慢的女生当时在哪里，我完全忘记了。下课时，那个男生又一脸奸笑地走到正在罚站的我面前说："野口老师对保健室的佐伯老师说，你的情绪不稳定。"

那天晚上，我愈想愈生气，蒙着被子大哭了一场，但我面对那张奸笑的脸无法说出任何一句反驳的话。

现在的我甚至无法想象自己当时竟然可以那样尽情大哭。

"咔啦咔啦咔啦……"下铺传来小哲磨牙的声音。小哲，你说的话应该是对的。如果我是大人，或许有能力做点其他的事，但如果现在我们只能找死猫，那明天我也陪你一起出门去找。

我再度闭上眼睛,然后一觉到天亮。

我就像一只巨大的雏鸟,跟在小哲身后。小哲去那家废铁工厂时,我也和他一起看废铁;当他莫名其妙地从电线杆和围墙之间的缝隙钻过去时,我也跟着钻过去;当他向下水道井盖打开的地方张望时,我也跟着一起张望。小哲对着没有水的水泥水沟内大叫"哦咿"。我觉得回音很有趣,也跟着他一起"哦咿"。我们一次又一次大叫着"哦咿、哦咿",突然觉得很滑稽,小哲和我都笑了起来。我们的笑声像在黑暗的隧道内回响,隧道内好像充满了在遥远国家森林中生活的奇妙动物。

我踏进学校大门时还是有点紧张,因为有点像小偷,而且放春假的学校静悄悄的,感觉很陌生。学校一副拒人千里的态度,好像完全不知道我在这里读了六年。我跟在大步走进校园的小哲身后,拨开老旧的运动垫和木板,来到体育馆后方,踩着枯草走下坡道。那里有一个小沼泽,周围的树上爬满了藤蔓,蕨类从积了厚厚一层的落叶缝隙中钻了出来,经过昨晚的那场雨,鲜艳的绿色充满了生命力。

"竟然有这种地方,我完全不知道。"我忍不住说道。

小哲眨着眼睛,露出兴奋的表情说:"这里叫帘沼。"小哲丢了颗小石头,长满绿色藻类的水好像果冻般泛起阵阵柔和的涟漪,包围了我和小哲在水中的倒影。"再过一阵子,这里就可以捞到很多青蛙卵。"

"如果我在毕业之前知道就好了。"我说。

"现在也可以来啊,可以像今天一样,在放假的时候来。"

但是,那就不太一样了,一定不太一样。

天空被树枝挡住了。叶子掉光的数百根树枝向着阳光伸展,再逐渐细分,和生物教室内的人体血管图一模一样。树枝竟然像血管,让我有一种奇妙的感觉:如果树枝是血管,那天空就是皮肤吗?我忍不住这么想。

我们在中午回家一趟,吃阿公煮的乌冬面,小哲说,下午去河边看看。

"嗯,好啊。"

我在回答时,偷偷瞄了阿公一眼,小哲也露出"惨了"的表情。我以为阿公会问我们,每天出门去了哪里,但阿公默默吃着乌冬面。我和小哲互看一眼,松了一口气,阿公还是整天窝着整理储藏室,我们都不想和他一起待在家里。

来到河边,天空变得好开阔。堤防像腰带般一路蜿蜒伸向远方,为棒球场和足球场镶了一圈淡绿色的边。我们沿着堤防往下走,穿越球场,走过在枯黄的芦苇丛中踩出来的小径,看到河面闪着金光，缓缓流动着。

"姐姐，你听过扬子江吗？"

"那是河流。"

"在哪个国家？"

"中国。"

"原来你知道啊。"小哲眨着眼睛，"扬子江有鳗鱼，像人一样大的鳗鱼，如果做成蒲烧鳗鱼，可能够一百个人吃。"

"是哦。"我忍不住暗想，小哲根本不吃鳗鱼。

这里会不会也有什么？小哲探头向水里张望。我坐在草地上，吹着风发呆，觉得此时此刻在这里晒太阳这件事很不可思议。我出生之前，这条河就在这里流动，我死了之后，应该会继续在这里流动。我根本是一个微不足道的点，无法改变任何事，也没有能力做任何事。但是……

我想，爸爸应该不会再回家了。光是这件事就让我耿耿于怀。

我用力按住胸口,把额头抵在曲起的膝盖上。

如果再次找到死猫,该怎么办?说句心里话,我很怕这件事真的发生。我完全不知道到底该把死猫丢去隔壁邻居家,还是为它挖一个坟墓埋葬,或是视而不见,但是,僵硬的猫尸体必定会质问我和小哲:"你们要怎么处理我?"

"姐姐,你来看这里。"小哲不知道什么时候走进河里,水已经淹没了他的脚踝,"你把袜子脱掉,只穿鞋子就好,否则会刮破脚。"

"太冷了,我不想下去。"

小哲好像在追逐什么似的向水中张望,不时用袖口擦着鼻水,又捡起小石头丢进河里。河面的光渐渐变成了蜂蜜色,水似乎愈来愈重、愈来愈浓。

"赶快上来吧。"我说。

小哲从水里走出来时,好像穿了一双粉红色的袜子。我脱下运动服,为小哲擦脚,然后用手掌一次又一次抚摸他的脚。在抚摸的时候,我情不自禁想起了阿婆。小哲小时候又瘦又弱,经常跌倒,阿婆每天晚上都用热水和冷水轮流为他泡脚,然后不停地抚摸,好像在念咒语般说着:"变强壮、变强壮。"阿婆当时是怎样的表情呢?

"好痒哦。"小哲虽然嘴上这么说,但还是一动也不动。

变强壮、变强壮,但我不太清楚什么是强壮。

"好,结束了。"我拍了拍小哲的膝盖。

第二天,我们走了很多路,累得精疲力竭,但傍晚时,我们再度去河边。我们望着河面休息片刻,准备沿着河堤走回家时,看到一个人推着脚踏车,费力地走上堤防。脚踏车前方的篮子里装满了脸盆、杯子等容器,后方的篮子放了一个大水桶。

那个人看向我们，突然露出开心的表情。我举目四望，堤防上只有一只乌鸦在蹦蹦跳跳地玩着被风吹得鼓起来的零食袋。

"咦？"小哲用力眨着眼睛，我用力拉着小哲的手臂。

那个阿姨很奇怪，现在并不是夏天，她却戴了一顶有饰带的花卉图案宽檐帽，穿着像高中生的深蓝色运动衣。一张四方脸上完全没有化妆，如果没有那顶帽子，我可能会误把她当成叔叔。

"是你。"她的声音也像叔叔般沙哑。

"嗯。"小哲的脸颊变成了淡粉色，好像遇见了喜欢的女生。这是怎么回事啊？我正在纳闷，小哲已经飞奔过去，费力地在脚踏车后面推了起来。我愣在原地，看着那辆载满了破烂的脚踏车被推上堤防。

"啊，谢谢你，真是帮了大忙。"

那个人满头大汗，脸上露出笑容。虽然我完全没有帮忙，但她仍然面带微笑地看着我问："你是姐姐吗？"我只好吞吞吐吐地回答:"是啊。"我很怕这种自来熟的人。

"阿姨就是在空罐头那里开机器的。"小哲说。喔,原来是操作那块大磁铁的人。但是那个人……

"你以为是叔叔?"小哲问。

我脱口回答:"对啊。"阿姨大声笑了起来,我吓了一跳。她的笑声很豪爽:"大家都这么说,说我是像胖大婶一样的大叔。"这句话很复杂。

"阿姨,那台机器操作起来很难吗?"小哲问。

阿姨露出牙齿笑了起来,她的虎牙是金牙:"一点都不难。"

小哲盯着阿姨的大金牙出了神,灵魂好像被吸走了,然后突然蹦蹦跳跳来到脚踏车后方,看着后方的水桶:"好多哦,这些要用来做什么?"

里面装了什么?阿姨向我点了点头,好像示意我去看看。

水桶里装满了卷心菜煮鱼干。

"这些要做什么……"我也问。

"今天晚上的大餐。"

阿姨回答后,推着脚踏车在堤防上走了起来。小哲跟着她走。

"小哲……!"

"姐姐,你可以先回家。"他头也不回地说。

"没关系吗?"阿姨回头问他。

"没关系!"小哲很有精神地回答。

我们走过网球场和驾训班,从堤防再往里面走,来到高速公路的巨大水泥柱下方。虽然被头顶上的汽车噪声笼罩,但这里却静悄悄的。冰箱、电视、断了脚的床、电扇、暖桌、果汁机、蹲式马桶、汽车和其他已经看不出原本是什么东西的东西……所有的破烂堆成了山。

阿姨用铲子敲了敲铝制脸盆,一只漆黑的猫从满是铁锈的游览车上走了下来。

"姐姐,你看。"

一只又一只猫从冰箱和鞋柜后方走出来,数量十分惊人。阿姨用铲子把水桶里的卷心菜煮小鱼干一勺又一勺地装进脸盆和塑胶便当盒里。

"我可以帮忙吗?"小哲兴奋地问。

"好啊。"阿姨说,然后递给他一个杯状容器,"只要随便找一个地方放就好。"

小哲小心翼翼地捧着大餐向那些猫走了两三步,然后翘着屁股弯下腰,把容器放在地上。那些猫看到陌生的面孔似乎有点警戒,但当小哲一离开,立刻拥上前去狼吞虎咽。

我拿着沉重的脸盆,不知道该怎么办。那些猫露出期待的眼神,张大鼻孔,慢慢靠近的样子很可怕。"那里那里。"我按照阿姨的指示把脸盆放在铁皮板上后,它们一起聚了过来,我慌忙跳开了。

我和小哲就像营养午餐值日生般忙碌地送餐，在水桶变空之后，才终于有空看着几十只猫吃饭的样子。周围都是咀嚼食物的"喷吧喷吧"声和猫的喉咙发出的"呜噜噜""啊呜啊呜"的声音，好不热闹。

　　"我以前不知道猫会吃卷心菜。"小哲语带佩服地说，"看来我还要多看一点书。"

　　"猫经常吃杂草，只是大部分的猫都不喜欢柠檬和香菇。"

　　阿姨拿下了花卉图案的帽子，用绑在脖子上的毛巾擦着额头。她的一头短发烫得很卷，看起来更像大叔了。

　　"什么？猫会吃草？"小哲很惊讶。

　　"嗯。不管是猫、狗，还是人，都要吃蔬菜。"

　　不喜欢吃蔬菜的小哲把头转到一旁。

　　"啊，太好了，今天多亏有你们帮忙，我轻松多了。"

　　阿姨看到猫吃完之后，开始收拾容器。所有的盘子"都像用胶带粘过一样"闪亮,那些猫吃饱了之后,开始舔自己的身体。

我把一个脸盆拿去脚踏车那里。

"请问……你每天都会来为猫送饭吗?"我边把脸盆交给阿姨边问,阿姨正把容器们装进前方篮子。

"对,每天两次,早上和傍晚各一次。"

"为什么?"

"为什么呢?"阿姨说完,"哈哈"笑了起来。

阿姨住在一栋老旧的木造公寓里。沿着铁制楼梯上楼后,只见被太阳晒得褪了色的门旁,放了一台比公寓更老旧的绿色洗衣机。"回家了啦。"我拉着小哲从裤腰中掉出来的衬衫说。这已经是第五次了,之前每次听到我这么说,小哲都只是回头看我一眼:"啊?什么?"然后继续跟阿姨走回家。

一进门就是厨房,阿姨把瓦斯炉上的大铝锅放在玄关旁的地上,拿起盖子,锅子内还有半锅卷心菜煮小鱼干。

"让我来。"

小哲从阿姨手上接过勺子,把锅子里的食物装进放在水泥地上的水桶里。

"六点了。"阿姨看着时钟说。

"嗯,没关系。"小哲立刻回答,"即使回家,家里也没人。"

"是吗?你妈妈呢?"

"死了。"

阿姨摇了摇头,似乎觉得我们姐弟很可怜。我的眼珠子都快要蹦出来了,慌忙用力闭上眼睛。

"等一下还要去哪里?"小哲兴奋不已。

阿姨把空锅子放回瓦斯炉上,说了声:"好了。"巡视家里后,阿姨转过头来准备穿鞋子,我们从狭小的玄关来到门外。

"要去游船小屋后面的桥下。"阿姨把水桶拿到门外,摸着口袋准备锁门。

"游船小屋?游船池那里吗?"小哲问。

"对,离这里有一段距离。"

"那里有很多猫吗?"

"多得可以卖了。"

"阿姨……你卖猫吗?"小哲目瞪口呆地问。

阿姨哈哈大笑起来:"如果那些猫可以卖,那我就是大富翁了。"她锁好门,转头看着小哲问:"嗯?怎么了?"

"阿姨,你是大富翁吗?"我觉得很丢脸,差点要低下头。阿姨张着嘴放声大笑,几乎可以看到她的喉咙深处。她似乎察觉了我的目光,连忙用手捂着嘴巴,遮住了完全露出来的金牙。现在才装模作样地遮住嘴巴反而更滑稽。

"你们在笑什么啊?我完全搞不懂。"

小哲把双手插进长裤口袋。

游船小屋后方有超过十三只猫。之所以会用"超过十三只猫"这种方式表达,是因为猫吃饱之后就离开,然后又有新的猫加入,结果愈来愈数不清楚了。阿姨似乎认识每一只猫,我完全不知道她如何分辨毛色相似的猫,因为看起来长得都差不多。

我们在散步道上和阿姨道别时,月亮已经出来了。小哲和我看着被朦胧雾气笼罩的月亮时左时右地出现在天上,一路跑回家。

"妈妈一定已经到家了。"我忍不住用有点担心的声音说。

"我也觉得妈妈已经回家了,她一定会生气。"小哲虽然这么说,却镇定自若,不慌不忙。他整天挨妈妈的骂,所以早就不怕了。

"我问你,"我放慢速度,和小哲并排跑着,"你觉得那个阿姨结婚了吗?"

"啊?"小哲看着我的脸。

"我觉得她应该没结婚。"

"为什么?"

"厨房里面不是有一间榻榻米房间吗?只有衣柜、电视和折叠小桌子,冰箱也很小。"我因为一边跑,一边说话,所以有点上气不接下气。

"姐姐,你看得真清楚。"小哲皱起眉头,看起来就像漫画人物的脸。

"不行吗?"

"不行啊,阿婆以前说,不能在别人家到处乱看。"

"我才没有。"我有点不太高兴,一口气加快了速度,"我要告诉妈妈,你说她死了。"

我全速奔跑,在十字路口前停了下来,双手撑在腿上,张开嘴巴喘着气。听着心脏激烈跳动的声音，我握紧拳头，目不转睛地盯着它看。听说人的心脏和拳头一样大，但是，就算我去再远的地方，遇见再多的人，也绝对无法亲眼看到自己的心脏。想到我从来没有见过的东西让我的生命持续，有时候会感到极度不安，这种时候，就想要奔跑，就像现在一样。

我回头一看，发现路灯映照下，小哲的白净脸庞在夜色中一起一伏，他追了上来。他的脸像某种动物，对了，像六角恐龙……我想着这些事，茫然地看着他的脸，没想到他追上我，像幽灵一样跑远了。

"喂，我在等你啊。"

我们两个人一路跑回家，完全没有停下来。

梦境中，我在一个雪白的房间里，周围都是白色墙壁，正在纳闷这到底是哪里时，我周围的墙壁就像俄罗斯转盘一样转动起来。墙壁愈转愈快，吹起了风，然后好像有人命令"停下"般，突然停了下来。眼前是一面像是黑色水底般的镜子，我探头张望，定睛细看，发现好像有什么影像从镜子深处浮现，慢慢摇晃着浮现……

我吓得醒了过来，发现房间笼罩在黎明时分的微光中。我松了一口气，翻了一个身。

送报员的脚踏车刹车声断断续续靠近，"叽、叽"的刹车声音突然变得很大声，接着信箱传来"咚"的声音。去拿报纸吧……但我从双层床上走下来时，拿起的却是书架上的毕业纪念册。

我打开台灯，趴在被子上，咬着右手的指甲，用左手翻着纪念册。毕业团体照中，大家都露出笑容，只有我一个人表情严肃，好像有人拿枪抵着我的背。在游完泳的合影中，因为泳帽太紧，一只眼睛吊了起来。校庆时的照片和远足的照片……我的表情都好像若有所思。五十年后，我看到这些照片会感到怀念吗？我不由得偏着头纳闷。

我之所以打开毕业纪念册，是因为不想等到五十年后再回味，而是想马上看一张照片。纪念册许许多多生活照中，有一张小照片是四年级的时候拍的，四个女生站在校园内，我站在最左侧，微微张着嘴，把头偏到一旁，好像照相机后方有人在叫我。我的左手举到肩膀附近，不知道是否在招手，只有那里特别模糊。这张照片让我有一种奇妙的感觉。当时我的个子并不高，也不算太瘦，眼睛和脸都很圆；并不会像现在一样在意自己的刘海，整天拨来拨去，或是不时修剪；也没有咬指甲的习惯；性情似乎更温和，既不会把别人往坏处想，也很少说谎，内心完全没有秘密；从来没有梦见怪物，更不会做一些奇怪的梦。

这张照片中的我和现在的我最大的不同，就是当时的我可以轻松想象"长大后的自己"。我在机场挥着手，丝巾随风飘扬；

我开着跑车,当他人有难时,我会英姿飒爽地出现;在音乐厅内,在像一艘船那么大的三角钢琴前优雅地鞠躬;然后,还有穿着婚纱的我。

当年的我可以接二连三地想象这种漫画般的内容,连我自己都感到有点难为情。但是到了今天,当我试图想象自己会变成怎样的大人时,脑袋却一片空白。虽然脑袋空空,但个子愈长愈高。即使我偷偷把营养午餐的牛奶丢掉,即使我忍痛穿上已经太小的鞋子,裙子仍然愈来愈短,鞋子的鞋尖破了洞。我被自己抛弃了。

我合上纪念册,放回书架,然后仰躺在被子上,把头靠在枕头上重重地叹了一口气。我会变成怎样的大人?无论变成怎样的大人,都会和别人吵架,都会生病,最后像阿婆一样痛苦而死。一定是这样。但是,我无法停止思考。

我到底会变成怎样的大人……?

邻居爷爷又在喷杀虫剂。他戴着橡胶手套和口罩，把水桶内加水稀释过的杀虫剂倒进金属筒喷雾器，除了喷向好像用尺量过般修剪得整整齐齐的树木，还喷向整个院子。杀虫剂的味道从厨房窗户的缝隙钻了进来，连正在吃饭的我们也闻到了。

"他又喷药了，他的树木很快就会枯掉。"我说。

阿公什么也没说，小哲咬着筷子尖。我站了起来，用力打开北侧的窗户，然后又用力关起来。窗框已经歪了，所以下方仍然有缝隙。

"可不可以关紧一点？"阿公看着装乌冬面的碗说。

"可是这扇窗户很不好关啊。"我说。

吃完午餐后，阿公拿着不知道从哪里找出来的蜡烛，在窗框上涂了蜡，把"喀啦"作响的窗户开开关关，确认是否还会卡住。

我来到檐廊上，发现丢着盆栽和长花盆的庭院不知道什么时候长满了杂草。杂草的嫩芽和小叶子从种在围墙旁的郁金香和东瀛珊瑚的根旁,以及檐廊下方水泥地的缝隙中探出头,愈长愈高。

"阿公,去年的郁金香长出来了。"

我在檐廊上叫道,但是打开纸拉门的不是阿公,而是小哲。

"这里倒是闻不到味道。"小哲用力吸着鼻子,"姐姐,我们去那里吧。"

"那里?"

"就是废弃游览车的地方。"

"昨天的垃圾场吗?"

"对。"

我有点意兴阑珊。因为那里的猫都有眼屎,而且瘦巴巴的,可能有些猫生病了。看着那些可怜的猫,会让人心情沮丧。虽然听说猫都会自己找地方静静死去,但如果死在我面前怎么办?那比发现尸体更倒霉。

这时，传来什么东西在榻榻米上拖行的声音。阿公挺着大肚子，正又拖又拉地把上次的风琴搬出来。小哲和我慌忙打开纸拉门。阿公发出吃力的喘息，把那架老旧的风琴搬到檐廊上，随即用力咳嗽起来，脸涨得通红。阿公有高血压，希望他不要累坏了。

"这个要怎么处理？"

我以为等阿公停止咳嗽之后就会回答我，没想到他已经叼了一支烟。

"应该不是要修吧？"我又问。

"要修。"

又来了。老实说，我心里忍不住这么想。阿公又要说："还可以用。"之前冰箱的门整个掉下来时，大家都以为家里终于要换新冰箱了。因为我家的冰箱已经很旧，支撑冰箱门的金属棒从中间一半断裂了。但是，阿公花了两天时间修好了。虽然现在关冰箱门需要一点诀窍，但我家至今还在用那台已经很老旧的冰箱。

阿公房间里的电视也一样,从我出生前开始,每次电视坏掉,阿公就自己把它修好。只不过现在那台电视只有两个频道。有一次妈妈想买台新的电视送他,阿公说:"你倒是想一想,即使频道再多,每次也只能看一个而已。"虽然阿公坚持不愿收下,但现在想看收不到讯号的频道正在演的历史剧时,他就会不时想去窥视电视的内部。妈妈每次都说,"真不知道阿公是顽固还是不服输",她说这句话时,假装没有看到在电视前偏着头的阿公。

"哇哦,"小哲叫了起来,"姐姐,你看这个。"

风琴背面的木板上长满了绿色的霉菌。正在抽烟的阿公完全不理会这件事,站在相隔几十年、终于重见天日的风琴旁,好像和风琴是相亲相爱的兄弟。

"你们不出门吗?"阿公问。

"需要我们帮忙吗?"我基于礼貌问了一下。

"不需要。"

于是,我们姐弟就出门了。

"昨天的阿姨今天应该也会来吧。"我说。

"应该吧,她说每天都会来。"

小哲果然想去那些流浪猫出没的地方。

"我觉得啊,"小哲走在路上时,不停地踢着被车子压扁的香蕉皮,"阿公可能想修好之后弹那架风琴,啦啦啦。"

"谁知道啊。"我摇了摇头。

可怕的事

"找到了,怪物就在那儿!"我不是。我想要告诉他们,但发出的声音变成了扭曲的叫喊。"你不是怪物,那你是什么?"大家问道。我无法回答。虽然我应该是女生或是中学生,但我没有真实感,我猜想大家也不这么认为。

小哲在铁板、倒地的冰箱和没有车轮的汽车之间追着流浪猫跑，但也许应该说他把那些流浪猫都赶跑了。"我不会欺负你们啦，我说了不会欺负嘛。"无论他再怎么强调，猫都听不懂他说的话。只要小哲一靠近，那些猫就钻进狭小的缝隙消失了。我坐在垃圾山最高处的微波炉上，一下指向东，一下指向西。"你看，在那里啦。""啊，逃过来了。""真受不了你，不要一直在后面追，要抢在它们前面。"

"姐姐，难道你知道猫要跑去哪里吗？"

当我回过神时，发现连我都满身大汗了。我们非但没抓到猫，甚至连猫尾巴都没摸到。

"死猫！小心我把你们做成汉堡。"

"姐姐，别这样，它们都逃走了啦，你去那边坐啦。"小哲尖声叫道。"喂。"堤防上有陌生的叔叔向我们挥手，吹过河面的风愈来愈强，叔叔的声音断断续续，"那里……危险……不行。"

惨了。在闪过这个念头的瞬间，我看到一只黑白双色的斑点猫摇着屁股，钻到了洗衣机下。啊，差一点就抓到了。

"……以丢垃圾……"叔叔仍然在叫着什么。

"猫跑掉了！"我不顾一切地大叫，叔叔偏着头离开了。

咦？怎么突然听不到小哲踩着铁板和汽车引擎盖的脚步声，他去了哪里？

"小哲。"

风好像突然忘记了吹拂，周围静悄悄的，然后又突然开始用力地吹。我身上的汗水干了，打了一个喷嚏。

小哲在废弃游览车上睡着了。可能刚才跑来跑去太累了,他的脸贴着满是泥巴的座椅,发出了均匀的呼吸声。流浪猫栖身的游览车内有一种不一样的味道,我脱下开襟衫盖在小哲身上,把车窗打开一条缝。

我坐在座椅上看着窗外,杂草、天空、垃圾山被窗框框住后,看起来和刚才不太一样。真希望这辆游览车可以发动,可以去世界上任何一个地方,可以去丛林,可以去海底,也可以去喷火的火山……我在想这些事时,小哲醒了,也看着车窗外。

傍晚的时候,阿姨把海带苗和鲣鱼块舀进脸盆时,偏着头说:"真奇怪,今天这些猫不太对劲,好像特别警戒。"

小哲睡醒之后,我们又追着猫跑,把猫吓坏了。

"可能今天风太大了。"小哲装糊涂说道,那些猫都看着他。

"是吗？"阿姨再度偏着头，然后朝地上吐了口口水，"风真的很大，连嘴里也好像有沙。"

小哲皱起眉头，好像火男面具（译者注：一种眼睛一大一小、噘着嘴巴的丑男面具）般噘起嘴唇，一下子缩起脸颊，一下子又鼓了起来。我不知道他想干吗，随即听到他大声地"呸"了一声。他似乎在学吐口水。

"小哲！"我对他皱起眉头。

那些猫即使挤在一起狼吞虎咽时，耳朵仍然忙碌地动来动去，有时候会在低头猛吃的同时，用前脚轻轻打向一旁拼命想要向前挤的猫的脑袋，但它们不会为了抢食物打架。我和小哲蹲了下来，静静地观察这些猫吃饭的样子，然后蹑手蹑脚地站起来收拾已经被它们吃空的盘子，以免惊动它们。

"原来猫也吃海带苗。"小哲一边说，一边把脸盆放回阿姨的脚踏车上。

"嗯，吃啊。"阿姨回答。

"我想了一下，"小哲回头看着那些正在舔身体的猫，"猫不是喜欢吃鱼吗？鱼和海带苗都来自海里，所以它们应该都很喜欢。"

阿姨由衷地感到佩服："也许吧，小哲，你真聪明。"

"也没有啦，"小哲突然摇着身体，"我姐姐比我更聪明。"

我们在堤防的中途和阿姨道别。

"因为昨天太晚回家，被妈妈骂了。"小哲说到这里，突然"咦"了一声，表情僵住了。

"原来你们的妈妈起死回生了。"阿姨笑着说。

我用手指弹着小哲的额头。

"好痛。"

"说谎是小偷的根源。"我说。

"我又没对你说谎，而且这句话的正确说法应该是'说谎是小偷的开始'。"

"你不向阿姨道歉吗？"

满脸通红的小哲还没有说"对不起"，阿姨就用力摸着他的头。正确地说，不是在摸他的头，而是在摇晃他的脑袋。小哲柔软蓬松的头发都竖了起来。

"赶快回家吧，快下雨了。"阿姨说。

"嗯。"小哲点了点头，"阿姨，怎样才能和猫当朋友？"

"和猫当朋友？很简单啊。"阿姨的两道浓眉好像磁铁的负极碰在一起般，猛然分开了，"一开始不要突然抱它们，或是追着它们跑。"

我和小哲都耸了耸肩。

"那到底该怎么办？"小哲似乎对阿姨的回答很不满。

"过一阵子，它们就会主动靠近。"

"过一阵子是过多久？"

"就是会慢慢、慢慢地变成朋友。"她在说"慢慢"的时候,收起四方形的下巴,原本沙哑的声音听起来更低沉了。

"怎么变朋友?"小哲又问。

"就是慢慢变朋友啊,渐渐地。"

"我想慢慢地摸它们一下,它们马上就逃走了。"小哲在说"慢慢"的时候,也收起他白净的尖下巴。

阿姨露出恍然大悟的表情:"不能着急,猫讨厌小孩子、木工和吸尘器,尤其是成年猫和流浪猫,这点最重要。"

"好吧。"小哲在嘴里小声嘀咕,然后冲下了堤防,"拜拜!"

阿姨向小哲挥了挥手,对我说:"改天见。"

"再见。"我向她道别后也跑下堤防。我觉得阿姨还在看我,于是立刻转回头,只见脚踏车缓缓地,不时左右摇晃着,从堤防上方远去。

"猫讨厌木工和吸尘器,木工都会用铁锤,不小心砸到会很痛；但为什么讨厌吸尘器，因为被吸尘器吸到，身上的毛会掉吗？"

小哲一路小跑着，但频频回头问我。

不一会儿，天空中好像有一只巨大的野兽在吼叫，乌云渐渐笼罩了天空。空气中带着湿气，周围弥漫着草的味道。我摸了摸头发，自然卷的头发蓬了起来，每次下雨之前都这样。每次遇到这种情况，就必定会下大雨。我和小哲快步走过住宅区的小路。

"姐姐，"小哲快跑了几步追上我，"你知道那里为什么会有那么多猫吗？"

"为什么？"

"阿姨说，有人把猫丢去那里，那里变成了丢猫的地方。游船池那里也一样。" 天色愈来愈暗。

"我要住在那里。"小哲说。

"那里？你是说垃圾场吗？"

"对，晚上只要睡在游览车里就没问题。"

我看着小哲，他微微张着嘴巴看向前方。

"什么没问题？"

"虽然不是现在马上去住。"

"你脑袋有问题吗？怎么可能嘛。"

"姐姐，那如果……"小哲说到这里，一道白光闪现，天空中传来好像有一个巨人打开岩石门般的沉重声音。

小哲想要说什么？如果……如果怎样，他就要住在那里？如果和猫变成了朋友？如果爸爸真的不再回来？

我想要跑回家，但已经上气不接下气了，所以我们继续走路。因为太专心看着正前方，所以并没有发现一个男人走过来。当我感到"啊"的时候，只看到他的眼睛。在像夜晚般的黑暗中，那个男人只有眼睛特别亮。离擦身而过只有两三步而已，我的脑袋好像蒙上了一层雾。和那个男人擦身而过时，他的手伸进我的开襟衫内，抓了我的左胸一把。

我无法发出叫声，好像被催眠般继续往前走，回头张望时，已经不见那个男人的身影了。

"姐姐，你怎么了？"

小哲抬头看着我，脸上写满了惊讶。原来小哲没有发现，他什么都没发现。天空中立刻下起了连眼睛都无法睁开的倾盆大雨，我继续走路，浑身淋得湿透。那个男人穿着灰色工作服，一头好像是自然卷的卷发，有不少白发。他的肤色很白，鼻子高挺，嘴唇很薄，下唇微微突出。有点分不清那张脸到底是年轻还是年长。然后是那双眼睛。那双眼睛很亮。为什么我可以详细回忆起那个男人的长相？他的手指好像仍然掐着我的胸部。

我在雨中停下脚步，胆战心惊地低下头。我很瘦，经常被说"好像往直的方向拉过一样"，胸部平坦得几乎像飞机场，但跑步的时候还是会有点痛。那双发亮的眼睛难道发现了？

"姐姐。"

我回头一看,小哲被淋得像落汤鸡,下巴不停地打战。

没错,那个男人一定发现,我是个不敢大声喊叫的胆小鬼,也发现小哲根本不会察觉,而且即使察觉,也无法帮上任何忙。

这时,天空响起巨大的雷声。我第一次主动呼唤梦中的怪物。如果要醒来,就赶快趁现在醒来,露出可怕的样子,把在这场倾盆大雨中假装视而不见的房子,把所有的一切都踩得稀烂。

"姐姐!"小哲抓着我的手腕,在雨中奔跑。

"明天早上要不要去猫那里?"

小哲爬上双层床的梯子,只露出一个脑袋问我。我立刻钻进了被子。

小哲的左脸颊有点红,那是晚餐时被我捏的。我忘了自己为什么捏他，八成是因为他吃饭慢吞吞，或是一直问一些无聊的问题。不可能有什么其他的原因，我遇到那种事，并不是小哲的错。

小哲每次都这样，每次我因为莫名其妙的理由欺负他，十分钟后，他就会来找我说："姐姐，我们去玩。"或是"姐姐，这个泡芙，我们一人一半。"

"姐姐，我们早一点起来去那里吧，阿姨说，她早上也会去。"

我背对着小哲说："整天阿姨、阿姨，你烦不烦啊。"

"姐姐，你怎么了？"小哲用宛如天使般的声音问我，"发生什么事了？"

"你干脆去当阿姨的小孩。"

"姐姐，你讨厌阿姨吗？"

"我讨厌她。"

"为什么？"

"讨厌就是讨厌，"我大声地说，"你可以和那个阿姨一起去喂那些脏猫，你说要去找死猫，结果却是去喂猫，真是笑死人了。"

小哲不发一语地爬下梯子，关上了灯。当时，我并没有察觉自己说的话有多过分。

大家都追着我跑，跑在最前面的就是那个奸笑的男生。野口也在。曾经和我同班的久美也在。

找到了，怪物就在那儿！

我不是。我不是。我想要告诉他们，但发出的声音变成了扭曲的叫喊。我的声音真难听。虽然起初只是想要吓人，没想到真的变成了我的声音。即使如此，我仍然拼命想要解释。不是，不是，我才不是怪物……

你不是怪物，那你是什么？

大家都不以为然，七嘴八舌地问。那你到底是什么？

我无法回答。虽然我应该是女生或是中学生，但我没有真实感，我猜想大家也不这么认为。

谁来救救我。我低头看着自己伸出的手，忍不住倒吸了一口气。是那只手。那只关节粗大、长满汗毛的男人手。大家惊叫着一哄而散，拔腿就逃。我用力甩着自己的双手，好像只要用力甩，就可以像脱手套一样，把那只讨厌的手甩开。但愈是拼命甩，我的手愈肿胀……

当我醒来时，身体暂时无法动弹。空气紧绷，我在被子里扭转身体看向窗外，看到了阴沉的灰色天空。我战战兢兢地看着自己的手，暗自松了一口气。那是我平时的手，最近咬过的指甲陷进单薄的指尖。

可能因为昨天淋了雨，所以才会头痛。我把头深深埋进枕头，祈祷着这次不要再做奇怪的梦，再度陷入了沉睡。

当我再度醒来时,窗外的天空仍然阴沉。我换好衣服后下了楼,正在檐廊上的阿公说:"鸡蛋乌冬面煮好了。"

"嗯,我现在不想吃。"

指针指向一点多,我呆呆地看着挂钟的钟摆,回想起昨天的事——果然不是噩梦而已。

"喂。"听到阿公的叫声,我来到檐廊上,阿公头也不回地把风琴的插头递给我,"把这个插好。"风琴的盖子和前面的板都拆了下来,露出积满灰尘的琴肚,五颜六色的线联结琴肚内的机械,我看着那些线出了神。

"你在磨蹭什么?快点啊。"

听到阿公的催促,我立刻插好插头。

阿公打开了风琴的开关,我不由得屏住呼吸,全神贯注地看着阿公的手指摸向琴键。三、二、一……

风琴没有发出任何声音,既没有像上次那种轰隆隆的声音,也没有其他任何声音,就像某个没有人知道的公园里的铜像,事不关己地保持沉默。阿公的手离开琴键后,转动着调整音量的旋钮,又摇了摇踏板,到处摸了一遍。我叹了一口气,站起来问:"要不要把插头拔掉?"

阿公吐着烟,"嗯"了一声点点头。看着阿公穿着手肘部分已经破了的旧毛衣,瞪着破风琴的样子,我的心情愈来愈沉重。

"阿公,赶快进来吧,万一感冒了……"

"小哲去了哪里?"

"不知道。"反正不是去河边、帘沼,就是那个阿姨工作的地方看空罐头。

"他没有回家吃午餐,你要不要去叫他回家?"

"我不知道他去了哪里,要怎么叫他?"

我冲上楼梯,钻进床上。我不想出门,无论如何都不想出门。

头又开始痛了。真希望更痛。最好愈来愈痛,就像被车子碾过的草莓一样烂掉。我的头愈来愈痛,痛到甚至无法继续思考这些事,我闭上眼睛,只希望可以静静地一直沉睡。

我在睡觉时,仍然想着"我现在睡着了"。我在沉睡的河流中载浮载沉,希望自己"睡得更沉,睡得更沉"。我知道有人叫了我几次,但我好像被鬼压床般,连手指都无法动弹,做了好几个破碎的梦。突然梦境中断,我睁开了眼睛。窗外很明亮。我忍不住思考,为什么我会在大白天睡觉?我下了楼,走进有暖桌的房间,看了日历才知道,今天是四月一日。原来我一直睡,连昨天的晚餐也没吃,难怪走路也觉得轻飘飘的。

阿公在檐廊上把风琴拆开了。他轮流拿起扳手和螺丝起子,卸下联结的线,拆下螺丝。他用抹布把拆下的每一样东西擦干净,将琴谱架、踏板、红色和黄色的线一一排放在洒满阳光的檐廊上,有很多小洞的背板上的霉斑也都擦干净了。

"你在做什么？拆解吗？"我问。

"嗯。"阿公微微伸直了肥胖的后背，"你的头不痛了吗？"

我坐在檐廊的角落，因为睡太久了，浑身都没力气。"没关系了，小哲呢？""出去了。"阿公拿下眼镜，探头看着房间内的挂钟，"我叫他中午要回来……"时钟的指针指向九点半，阿公再度戴上眼镜，看着我说："有面包。中午吃乌冬面可以吗？"

"嗯。"

"如果你不想吃面包，要不要现在煮面给你吃？"

"现在还不要。"

今天终于有了春天的感觉。没有风，阳光缓缓地渗入身体。

阿公的手通红，用力转动螺丝起子拆螺丝，但是螺丝一动也不动，反而把螺丝孔转坏了。

"不拆解也没关系，我知道有地方可以丢风琴。"我说。

阿公瞪着螺丝起子的前端,什么话也没说。

"河边堆了很多废弃的冰箱,连游览车都丢在那里。"

"这个很伤脑筋啊。"阿公自言自语地说完,背驼得更深了,好像除了发挥耐心把每一个螺丝拆下来以外就无计可施了。

我坐在那里,看着专心作业的阿公,想起之前曾经在电视上看过的介绍北极因纽特人生活的节目。他们捕获珍贵的猎物后,会拆解动物的毛皮、内脏和血,完全不浪费任何东西,然后一起分享。电视镜头拍到了海狗的血,但我之前看到时,完全不觉得那些人野蛮可怕,只觉得在冰上排得整整齐齐的红肉很美。

但是……我为什么会想到这种事?把风琴和海狗混为一谈实在太奇怪了。因为海狗有用处,也可以食用,和坏掉的风琴完全不一样。坏掉的东西、不需要的东西和派不上用场的东西都是破烂,都是垃圾,只能丢弃。破烂就是破烂。

在那辆废弃游览车上的猫也是派不上用场、不需要的东西。

小哲说，大家都把猫丢在那里。猫有生命，所以不是物品，因此不可以把猫丢弃。没错，这是理所当然的，这种道理我也懂，但还是有人把猫丢弃。

阿公拆下了风琴内的扩音器。不知道为什么，看着阿公慢慢拆解，我的心也渐渐平静。这样拆解坏掉的风琴有什么意义？阿公做这些事到底有什么乐趣？这种问题似乎已经无关紧要，至于是否真的无关紧要，其实我也不知道。正因为不知道，所以就一直看着，坐在洒满阳光的檐廊上一直、一直看着。

小哲并没有回来吃午饭，而且天黑开始下雨之后也没有回来。妈妈下班一回到家，就叫我去找他。

"我不要。"我小声回答。

"你怎么了？"妈妈整理着超市的塑料袋。

"我不想去。"

"你的头发怎么了？剪得太夸张了。"

我扯着刘海，刚才想要剪齐，结果又剪坏了。

"后面也长了。"

"没关系啦，这样很好。"

"明天去理发店剪一下，而且你还没有去花屋吧？"

花屋并不是花店，而是商店街的一家专卖进口商品的店，我要去那里拿中学的制服。

"不是你的制服吗？自己的事要自己负责。"

"我才不要什么制服。"

"没有制服怎么行？你不读中学了吗？"

"我不读了。"

妈妈叹着气。"每个人都我行我素，把所有的事都推到我头上。"说完，她用力打开水龙头，"赶快去把小哲找回来。"

但是妈妈，天已经黑了，如果我现在走出去，万一又遇到上次那样的事该怎么办？虽然我很想这么说，却说不出口。虽然并不是我的错，但总觉得遇到那种事，是我自己的错。

"你要去，还是不去，到底要怎么样？"妈妈停下正在洗米的手转头问道，好像这是最后通牒。

"叫阿公去就好了啊。"

"阿公在洗澡，你到底要不要去？"

"我去啦。"

妈妈听到我的回答，转身再度用力打开水龙头。妈妈从来不关心我，也不管我的死活，大家整天小哲长、小哲短，只想到小哲。

"我会去找小哲，那妈妈也要把爸爸找回来。"

妈妈洗米的声音停了下来，我不等她回头，就冲出了家门。

豆大的雨弹在发出黑光的柏油路上，我用力握着雨伞柄，每次看到有人迎面走来，就立刻走去马路对面。电线杆后方、空地和没人在家的房子黑暗的玄关，都像是张开了的黑色大口。因为沿路我都太紧张了，所以走到阿姨家时，膝盖几乎瘫软无力。

阿姨家里的窗户是黑色的。这么晚了，她应该已经回家了，到底怎么了？雨愈下愈大，我在雨伞下缩着身体，突然想到曾经对小哲说："干脆去当阿姨的小孩。"小哲怎么可能在意那种话……楼梯上的日光灯闪了几下，然后就灭了。

我好像看到了去远方的夜行电车，小哲和阿姨坐在相对的座位上，注视着车窗外像星星般的街灯。

没错，即使那个阿姨想把小哲当成自己的小孩也不足为奇。因为不管谁看到小哲，都说他很可爱，而且小哲也很喜欢阿姨。爸爸不再回家，妈妈整天发脾气，我又对小哲说了那句话，他当然不想再回家。如果小哲主动想要跟阿姨走，算不算是绑架？我在想什么啊？但是那个阿姨是单身，又每天去喂流浪猫，的确有点奇怪……

这时，我看到一个巨大的黑影。黑色的手臂伸过来抓住了我的肩膀，我尖叫起来。

"你紧张什么啊？是我啊。"一个沙哑的声音响起，因为下雨的关系，雨衣帽子下那双单眼皮的眼睛连续眨了好几下。

"阿姨……！"

停止流动的血液瞬间再度循环起来，黑色的影子原来是用了垃圾袋挡雨的脚踏车。

"你在这里干什么？"

"我以为小哲在这里。"我的脸顿时发烫。

阿姨摇着头说："和你一起遇到他那次之后，我就没见过他。"

我以为小哲昨天和今天都来找阿姨，没想到并不是。

"小哲怎么了？"阿姨走进公寓的屋檐下，拿掉了雨衣的帽子。她的眼睛下方好像涂了墨汁一样黑。

"阿姨，你浑身都淋湿了。"我折起雨伞，探头看着阿姨的脸。

"我没事,我没事。"

"你去猫那里?"

"对啊。"

"下雨的日子不用这么辛苦啊。"

"即使下雨,肚子还是会饿啊。"

阿姨说话的声音听起来有点迷惘,她重重地叹了一口气。

"对了,"阿姨对我露出笑容,"我家有冰激凌。"

为什么我刚才会有她绑架小哲的念头?

"我要赶快回家。"

我打开雨伞,冲进雨中。阿姨可能以为我逃走了,但我还是不顾雨水都溅了起来,在黑暗的马路上狂奔。

阿公的秘密

我看着太阳,太阳也看着我。有朝一日,太阳也会无法再发挥任何作用。总有一天,太阳会燃烧殆尽。太阳知道自己的命运吗?知道自己的命运,还会不停地燃烧吗?

那是邻居爷爷骂人的声音。他为什么这么生气？而且声音似乎很近。我心不在焉地想着这件事，睁开眼睛，听到妈妈尖声回答："不是我家孩子干的。"我猛然坐了起来。是在我家门口。

"去问你儿子。"邻居爷爷大声说道。

我探头向下铺张望，小哲眼睛张得大大的，躺在床上哼歌，但被子里的身体好像埃及的木乃伊一样僵直。

"小哲。"

听到我的叫声，他不再哼歌，注视着床铺上方。因为是双层床，所以他注视着我睡的床底，那块木板上整齐排列着很多一厘米左右的小洞。小哲曾经数过好几次，我记得他上次说，总共有三千两百五十六个，但他此刻的眼神穿越了木板，看着很遥远的上空。

"哎……"我原本想问他，该不会是他昨天做的？但我的话还没说完，小哲再度哼起了歌。

昨晚我回到家时，小哲已经回家了。即使我问他去了哪里，他也没回答我。晚餐也不像平时一样说什么"我不想吃"，他默默地把饭送进嘴里，目不转睛地盯着桌子上的陈年刮痕，勉强把饭吞了下去。妈妈一语不发地为大家添饭，也默默吃着饭。因为我对妈妈说，"妈妈也要把爸爸找回来"，但我不想道歉，所以也没有说话，把像石头一样的饭块塞进喉咙深处。

"今天的佃煮（译者注：一种用酱油、糖和酒煮制食材的传统日本家庭式烹调方式，味道甘甜中带有咸味）太咸了。"阿公说。

"和以前是同一家啊。"妈妈回答。

"味道不一样了,你有没有吃吃看?"

"那以后不买了。"妈妈根本没吃佃煮,就用没有起伏的声音回答。这是吃饭的时候,全家人唯一的对话。我们默默回到各自的房间,然后上床睡觉。对了,小哲仍然没有忘了磨牙……

我急急忙忙穿上衣服,下楼来到玄关,呼吸差一点停止。邻居爷爷脚下放着畚箕,里面躺了一只猫,一眼就可以看出那只猫死了。

"叫你家儿子出来,如果你不去叫他,我就自己去找。"他像鸡脚一样的脚正准备脱下拖鞋。"等一下。"妈妈试图制止,邻居爷爷冒着青筋的手以迅雷不及掩耳之势抓住了妈妈的手腕。

"好痛。"妈妈叫了出来。

邻居爷爷并没有松手。"去把你弟弟叫下来。"爷爷因为生气而铁青的脸粘在我的眼睛深处。

"智美,不需要去!"妈妈甩开了爷爷的手。

爷爷突然指着脱在玄关的球鞋,用冷静的语气说:"看看这个。"球鞋上都是泥巴。"我家的庭院留下了脚印,围墙上也留下了明显的脚印。"

我当场蹲了下来。啊,这下完了……

"来看啊,把事情说清楚。"爷爷说。妈妈突然挺直了身体,似乎很不以为然,根本不想理会邻居爷爷:"请你不要没事找麻烦。"

爷爷愣了一下。妈妈,加油。但是,当爷爷接着说"去叫你儿子的爸爸出来"时,妈妈露出了怯懦的表情。

"叫他爸爸来!"爷爷没有错过妈妈脸上畏缩的表情,"找他爸爸来才能好好谈。"

妈妈,为什么?为什么只因为这句话就认输了?这种手法太卑鄙了，千万不能中计。

这时，阿公走了出来。邻居爷爷想说什么，但阿公坐在玄关，后背弯得像一座大山，向邻居爷爷鞠了一个躬。妈妈、我和邻居爷爷一时都说不出话。阿公保持这个姿势静静地说：

"我会好好说我孙子，今天就请你先回去吧。"阿公缓缓抬起了头，用悠然的态度抬头看着邻居爷爷，"你可以把猫留下……"

邻居爷爷抓起畚箕小声地说："那还用说嘛！"然后转身离开了。

猫被昨天的雨淋得湿透，深色条纹图案的毛有好几处都掉了，看起来很脏。应该是流浪猫。

"这只猫是病死的，阿公会清理。"阿公缓缓站了起来，前一刻的泰然自若已经消失了，"你不可以摸。"

妈妈一直看着厨房的暗处，我回头一看，穿着睡衣的小哲脸色发白地站在后面。

"小哲？"

小哲好像完全听不到叫声，他注视着猫，直直走了过来，光着脚，走去玄关的水泥地，然后蹲了下来，把掉了毛、看起来惨不忍睹的猫尸体紧紧抱在胸前。我、阿公和妈妈都无法开口叫他放下。小哲在哭。他的脸颊贴着浑身僵硬、浑身斑驳的猫尸体，就像想要大叫却发不出声音的人一样张着嘴，用力喘着气，一直哭个不停。

我和小哲一起去了帘沼，埋葬了那只猫。

"它就死在这里吗？"我问。

"嗯。"埋葬之后，小哲把剥落的青苔轻轻放在潮湿的泥土上。

我也模仿小哲，抚摸着柔软的青苔，心里想着，抚摸猫背时，应该就是这样的感觉，然后小声地说："对不起。"

小哲微微摇了摇头，收起了抚摸青苔的手，蹲在地上抱着膝盖说："我骗阿公说，我什么都没做。"小哲的眼中映照着青苔和蕨类的绿色，沼泽的水和灰蒙蒙的天空的颜色。

装猫尸体的木盒是阿公从储藏室里拿出来的旧饼干盒。阿公把木盒递给好不容易不哭之后，仍然紧紧抱着猫尸体的小哲说："这是你小时候最爱的柚子馒头的盒子。"小哲疑惑地看着木盒片刻，然后揉着眼睛说："我记得这个盒子。""我不敢告诉阿公，我说不出口。"小哲停顿了一下又说，"但我讨厌说谎，超讨厌说谎。"他拿着铲子站了起来。

车顶上传来脚步声。脚步声很沉重。"咯吱、咯吱。"一定是刚才离开的那只大黑猫。所有的猫都在游览车外晒太阳，因为我们占领了游览车。

我和小哲并没有说好要来这里,只是我们想不到其他的地方可去。小哲和我离开帘沼后,都不想马上回家。而且小哲走路跌跌撞撞的,好像太累了,已经走不太动了。昨天晚上,他应该没睡好。

小哲蜷缩在后方的座椅上,哼着歌,抖着腿。我背靠着车窗,坐在双人座的座椅上,无聊地咬着指甲。邻居爷爷此刻应该像往常一样在庭院里修剪树木、喷杀虫剂,一定觉得小哲是个脑筋有问题的小孩。

"小哲。"

"嗯?"

"你听好了,不要回家,也不要去学校,即使天黑之后,也在这里睡觉,就当作一直在露营。"

我也不清楚自己为什么会说这种话,但说出口之后,觉得是一个很棒的主意。小哲露出有点纳闷的表情看着我,用力眨了眨眼说："好啊。"

快中午了，我们走去商店街，在肉店买了可乐饼，又走了一小段路，去了游船池。废弃游览车位于城市西边的河流上游，游船池则在经过车站后，往东方向的河流下游，虽然两个地方相距很远，但阿姨每天都为流浪猫送饭。

游船池也不太干净，游船小屋用铁链绕了好几圈，无论是因为太小而不太适合划船的水池，还是因为拓宽道路，都导致空间变小的水池周围散落了很多垃圾。我和小哲两个人坐在油漆剥落的长椅上，大口吃着还有一点余温的可乐饼，连酱汁都没有淋。

"我在想啊，"小哲沉默不语。我咬着可乐饼，继续说了下去，"如果把那里的破烂搬去阿姨工作的地方，不知道能不能卖钱？只要不是太大的东西，我们应该可以搬得动。"

"是啊……"

"你振作一点。"

"嗯。"小哲看着地上点了点头,把咬了很久的最后一口吞了下去。

"不知道那些猫都躲在哪里,"我巡视四周,"只有吃饭的时候才会出现。"

"嗯。"

"会不会躲在游船小屋里?"

"谁知道啊。"他说话的声音有点不耐烦。

小哲可能并不想看到猫,刚才他也把自己关在游览车上,看着自己的膝盖,完全不看周围。

我拍了拍小哲长裤上的可乐饼碎屑说:"走吧。"

"嗯。"

但是,我和小哲都没有站起来。

这时,有一只猫从长椅后方的草丛中走来。它一身白毛,有几个黑色圆形斑点,有点像红豆大福。猫把脸凑到全身紧绷的小哲腿旁，然后嗅着我手指上的味道，用粗糙的舌头迅速舔了我的食指。我吓了一跳，把手缩了起来。

"我知道了，"小哲说，"因为有可乐饼的味道。"

"以前没有见过这只猫。"

小哲把手指放在嘴唇上"嘘"了一声。

"咪咪咪。"柔软的叫声就像是纠结在一起的细丝，时而靠近，时而远离。

"在那里！"小哲指着游船小屋后方，草丛中的纸箱内，有一只看起来耳朵特别大的白色小猫探出了头。

"你的小猫吗？"我问脚下的猫，猫抬头看着我，眨着积满眼屎的眼睛。

小哲站了起来，踩着草走过去，小猫把脑袋缩回纸箱，下一刹那，三只竖着耳朵的小猫从纸箱边缘探出头看着我们。小猫的两只眼睛都分得很开，长得好像青蛙。

小哲对我用力眨了眨眼睛,然后又走近了一步。几只小猫用力吐着气,脑袋像蛇一样晃了起来,露出龇牙咧嘴的表情。

"它们在生气。"小哲再度回头看着我。

"太可恶了,干脆把它们抓走。"

"不行啦,"小哲用力瞪着我,"姐姐,你不要乱来。"

"你这是什么眼神?"母猫也用厌恶的眼神看着我,"我不会做啦,什么都不会做。"

"姐姐,我们回去拿行李,顺便帮它们带牛奶。"

"行李?"

"姐姐,你也太健忘了,你不是说要睡在游览车上吗?"小哲嘟着嘴说,难以想象他前一刻还垂头丧气。

闹钟、手电筒、动物图鉴、毛衣、漫画、镜子、梳子、剪刀、存钱罐、五包鸡汁拉面、一袋饼干、四个橘子和一包阿公的喉糖。装了这些东西后,小哲和我的背包就满了。

"我不能再带一本书吗?我想带交通工具图鉴。"小哲问。

"不行,动作快一点,否则会被阿公发现。"

"我想带嘛。"

我拗不过他,只能把我的漫画拿出来。当我背好背包,走下楼梯,在后门穿鞋子时,小哲戳了戳我。

"怎么了?"我问。

"忘记拿牛奶了。"

"哦,对哦。"

走回厨房时,我发现刚才找鸡汁拉面时打开的柜子敞开着。我轻轻关上柜子的门,从冰箱里拿出牛奶盒,又从洗碗槽里拿了一个盘子走回后门。

"你拿一下,我要锁门。"

我慢慢锁好门，尽量不发出任何声音，蹑手蹑脚地走过阿公所在的储藏室窗户下方，一来到马路上，我们立刻跑了起来。

我们背着背包，直奔游船池。我们探头向纸箱内张望，母猫眨了眨眼睛，简短地"喵"了一声后走了出来。我和小哲蹲下来，把牛奶倒进从厨房带来的盘子里，然后一直看着母猫把粉红色的舌头伸进伸出地舔牛奶。

"要不要摸摸它的背？"我问。

"姐姐，你试试。"

"小哲，你试啦。"

小哲的手因为紧张而变得僵硬，连指尖都伸得笔直。他的手即将碰到猫背时，母猫抬头看向我们，然后又"喵"地叫了一声。

"算了，"小哲把双手藏进蹲着的双腿之间，"不打扰你了，你赶快喝吧。"

四周静悄悄的，我再度听到猫的舌头舔牛奶的声音。

"它刚才不是舔了我的手指吗?感觉很粗糙。"我说。

"我早就知道了,书上有写,说猫的舌头很粗糙。你知道为什么吗?"

"不知道。"

"因为它们要用舌头给身体梳毛,就像梳子一样。"

"是哦。"

"所以它们会把草吞进肚子里,它们吃杂草,是为了把胃里的毛吐出来。"

"你真的什么都知道。"我不由得感到佩服。

小哲有点不好意思,显得坐立难安,然后小声地问:"怎样的感觉?"

"嗯,粗粗的,感觉有点痒痒的。"

"是哦。"

我用指尖沾着牛奶,滴在小哲的手心,对母猫说了声:"对不起啊。"然后把盘子拿起来,再把小哲的手拿到它面前。母猫缩起伸长的脖子,然后又伸了出来,迅速舔了小哲手心上的那滴牛奶。

"姐姐,"小哲的鼻孔一张一翕,"真的粗粗的。"

"对吧?"

我把盘子放回原处,母猫继续喝牛奶,好像什么事都没发生过。

母猫吃饱之后,回到纸箱,开始给小猫喂奶。小猫都钻到母猫的肚子下,随着呼吸,用尽全身的力气吸着奶。

"一定是被人丢掉的。"小哲小声说,似乎怕被猫听到,"连同小猫一起丢掉,真是太过分了。"

母猫微微闭上眼睛,舒服地喂奶,好像随时都会睡着。

我回头一看,连小哲也开始打瞌睡。他抱着膝盖的双手松开了,一屁股坐在草上,然后揉着眼睛。

"小哲,要不要回去睡觉?"

小哲露出惊讶的表情看着我,因为他刚才揉眼睛揉得太用力了,所以不仅揉出了双眼皮,而且一下子出现很多层,眼睛显得特别大:"回去哪里?"

"那还用问吗?"

我拿起两个背包站了起来。

游览车内洒满像火球般的橘色夕阳,还有带点酸味的猫味,白天累积的阳光让游览车内很温暖。小哲睡得很熟,黑猫和背上是牛奶咖啡色斑纹的猫从半开的游览车门走上来,正在梳毛。它们可能已经不再对我们感到陌生。

太阳沉入正前方的高速公路后方,我坐在驾驶座上,握紧积了灰尘、摸起来很粗糙的方向盘。我看着太阳,太阳也看着我。有朝一日,太阳也会像这里的破烂一样,无法再发挥任何作用。

就好像再幸福的人、再好的人都会死去，总有一天，太阳会燃烧殆尽。太阳知道自己的命运吗？知道了自己的命运，还会不停地燃烧吗？

身后传来拖着球鞋走路的声音。

"啊，好刺眼。"小哲醒了。他因为睡觉流了汗、闪着亮光的脸也被染上了夕阳的色彩。

"太阳啊……"小哲打了一个很大的哈欠，"一直往下沉，然后不是消失在地平线，看不到了吗？在沉落的那一刹那，会发出一道绿色的光。"

"你看过？"

"没有，书上这么写的。"小哲坐在最前面的单人座椅上抱着膝盖，"书上说，要在完全没有房子的空旷地带才看得到。"

我们看着夕阳渐渐下山，直到太阳的身影从高速公路和后方的建筑物形成的长方形天空中消失，周围变成一片灰色。我们就像一对游牧民族的姐弟，看着一望无际的草原远方，闪着绿色的地平线。

"阿姨这么晚还没来。"因为太久没有说话，小哲的声音有点沙哑。天色分不清是明是暗，只能看到白色的东西，就像是涂上了特别的颜料。小哲的脸就像是剥掉硬皮后的白色栲树果实。

"阿姨看到你和我在这里，一定会吓一大跳。"我说。

流浪猫饿着肚子，看着我们的脸，撑着鼻孔喵喵叫。我们只好从背包里拿出鸡汁拉面掰碎后给它们吃。有的猫闻了闻味道后，露出一脸疑惑的表情看着我们，也有的猫转身走开了……但最后五包鸡汁拉面都被它们吃光了。它们很费力地左右晃着脑袋，嘴里发出"吧唧吧唧"的声音。

"阿姨今天休息吗？"小哲蹲在地上，把下巴放在膝盖上。

"明天就会来了，我们要不要吃饭？"

我们轮流喝白天喂猫后剩下的牛奶，各拿了三块受潮的饼干慢慢咀嚼着。

"真好吃。"小哲说。

"嗯。"

小哲连续说了好几次"真好吃、真好吃",然后窃笑起来。我们各吃了半个橘子,连滴在手上的汁也都舔干净了。

"姐姐,给你。"小哲从口袋里拿出口香糖,"当作刷牙。"

小哲盯着自己手上的口香糖沉默起来。因为他刚才说刷牙,所以一定想家了,然后又想到那只猫。我剥开口香糖的包装纸,伸到小哲的嘴边。

"听说嚼口香糖会变聪明。"

"真的吗?"

我们发出很大的声音嚼着口香糖。

天黑之后，月亮爬上了天空。满月看起来就像是放在平底锅里等着被煎的可丽饼。躲在暗处的猫眼睛特别亮，小哲在垃圾山上跳来跳去。

起初我以为手表坏了。因为我觉得已经是半夜了，但手表指向八点。我从背包里拿出闹钟，果然还是八点。难怪我一点都不想睡。时间就像是口香糖和袜子一样，会拉长，也会缩短。

我打开手电筒，决定来数一数存钱罐里有多少钱。除了一圆和五圆以外，有四个五百圆和八个一百圆，我的一只手中还握有满满的十圆硬币。我数着十圆硬币，当数到第二十七个时，有人走上了游览车的阶梯。听到宁静而又沉重的脚步声，我抬头一看，原来是妈妈。

"你在这里干什么？"妈妈问。

我决定继续数十圆硬币。二十八、二十九、三十……我并不是没有想过可能会发生这种状况，但此刻我的脑筋乱成一团，已经搞不清楚了。

"为什么？"我吞吞吐吐地问，"为什么知道我们在这里？"

"我在找你们，田口叔叔告诉我，说他散步时看到你们在垃圾场。"

"这里……"

"嗯？"妈妈发问的声音很平静。太平静了。

"这里不是垃圾场，不可以把垃圾丢来这里。"

我带着求助的神情指着几乎被破烂淹没的"严禁丢弃垃圾"的牌子，小哲站在重心不稳的烤箱上看着我们。妈妈叹了一口气，一声很长的叹息。

"你快要上中学了。"妈妈说。

现在说这种事也很伤脑筋。

"智美？"

"……嗯。"

"回家了。"

"……"

"你不回家吗?"

"我今天想在这里。"

表情从妈妈的脸上消失了,妈妈的脸也好像会在水中融化消失,但这种感觉只有一下子而已:"是哦,原来你那么讨厌家里,那就随你的便。"

妈妈离开了游览车,小哲看了看妈妈,又看了看在游览车上的我,然后又看着妈妈。妈妈快步爬上堤防,没有走堤防上的路,而是从另一侧走下了堤防。

"姐姐,要回去吗?"小哲走了过来,站在游览车的阶梯上抬头看着我。

我摇了摇头:"小哲,如果你想回家就回去吧。"

"你呢?"

"我在这里。"

即使现在回家，也只会更沮丧。虽然觉得很对不起妈妈，但即使只有我一个人，我也要留在这里。我已经决定了。

"猫（ne-ko）。"

"小狗（ko-i-nu）。"

"沼泽（nu-ma）。"

"漫画（man-ga）。"

"瓦斯（ga-su）。"小哲故意发出像放屁一样的声音笑了起来。

"西瓜（su-i-ka）。"

"乌鸦（ka-ra-su）。"

"开……开关（su-i-cchi）。"

"小鸡鸡（chin-po-ko）。"小哲又对自己说出的字眼笑了起来,"鸡鸡鸡鸡鸡鸡……"他扭着全身笑了起来。

"吵死了。"

"不可以接这个字,鸡鸡最后一个音是'ko'。"

"'ko'?那就到此为止。"我用手电筒照着手表,"已经十点了,你该睡觉了。"

"没关系。"

小哲兴奋得让我怀疑他有点不正常,但也因此带走了我在妈妈刚才离开后的沮丧心情。

"再玩一会儿文字接龙嘛。"小哲说。

"呃……"

"是'ko'的音。"

"无尾熊(ko-a-ra)。"

"海獭(ra-kko)。"小哲迫不及待地回答。

"无尾熊。"

"海獭。"无尾熊、海獭、无尾熊、海獭。我们好像在唱歌一样,有节奏地一直重复着。无尾熊、海獭、无尾熊……

小哲开心得不得了,忍不住大叫着,简直就像是五岁的小孩。

"快睡觉吧。"我拿出毛衣,把他的脖子和肩膀盖好。小哲好像在说绕口令般说着"无尾熊、海獭、无尾熊",双眼炯炯有神。

"赶快睡觉了。"我把小哲留在后方的座椅上,我在前面一个座位上抱着膝盖,蜷缩在一起。

"姐姐?"

我发出均匀的鼻息,假装已经睡着了。我感受到小哲探头张望,然后轻叹一声。

不知道妈妈回去之后怎么样?不知道现在是不是上床睡觉了?……躺在粗糙的座椅上,我的身体忍不住抖了一下。气温不知道什么时候骤然下降。

"小哲。"

没有回答。小哲已经睡着了吗？我在嘴里嘀咕着。无尾熊、海獭、无尾熊、海獭、无尾熊……

当只有我醒着时，突然觉得周围更黑了。隔着车窗仰望天空，月亮躲起来了，四周好像沉入了黑暗的水底深处。堤防宛如一条黑色的腰带，只听到小哲的呼吸声和高速公路上的车声。

但是，并非只是这样而已。

低沉的呻吟。我浑身紧张地竖耳细听，发现声音愈来愈大，数量也在慢慢增加，而且声音渐渐靠近。高亢的声音突然撕裂了周围的空气。寂静。不一会儿，再度响起低沉的呻吟，然后以比刚才更急切的节奏扩散在四周。可怕的呻吟包围了整辆游览车。

"小哲。"我伸手摇了摇他。

"嗯。"他虽然应了一声，但已经完全陷入沉睡中。

这时，折叠车门发出"叽叽"的声音。一个漆黑的巨大影子缓缓走上游览车。黑影弯着腰，向我们所在的后方座位走来。

"咚咚……咚咚……咚咚……"

一定就是上次那个男人……

绝对不会错,他一定在跟踪我们。怎么办?这里根本没办法逃走,也没有人可以救我们……

黑影向我探出身体。

"不——要——"

在我鼓起勇气,举起手电筒的同时,听到一个声音问:"智美吗?"

"阿公?"

但是,当我回过神时,手电筒已经敲到了阿公的头。阿公按住头顶,一屁股坐在座椅上。

"阿公,你没事吧?"我慌忙打开手电筒,阿公畏光地皱起眉头。

"咦?阿公。"小哲醒了,慢条斯理地问了一声。

"没有流血……阿公没事。"

我用手电筒照着阿公的头,检查他是否受了伤。阿公轻轻推开我的手,似乎表示没关系了。阿公最讨厌别人在意他。

"这里太惊人了。"阿公在狭小的座位上移动着肥胖的身体,难得流露出真情,用佩服的语气说道。

"那个长方形的是冰箱,那里还有马桶,姐姐上次还踩在上面。"小哲揉着眼睛说这些事时,我再度听到刚才的呻吟。

"嘘。"我说。

"姐姐,那是什么?"

这时,突然一声凄厉的声音,两个影子连滚带爬地跑过铁板。是猫。小哲打开车窗探出头,大叫一声:"喂!不可以打架!"窗外安静片刻,高亢的声音带着奇妙的节奏再度响起。

"它们是不是要变成妖怪猫了?"小哲把身体从车窗外缩了回来,紧张地轮流看着我和阿公。

阿公的神情很严肃，定睛看着窗外的黑暗。

"阿公？"我叫了一声。

阿公"嗯"了一声，但并没有回头看我们："智美。"

"是。"

"那台电视还很新吧？"

那不是我丢的电视，阿公这么问我，我也无法回答。我只知道那台电视比阿公的电视更新。

"阿公，妈妈叫你来的吗？"

"嗯？"阿公有点惊讶地转头看着我，"不，妈妈没事。"

"我并不是担心妈妈，只是想知道你怎么会来这里。"

阿公站了起来，把身体弯向前面那排座位，拎起一个大纸袋，从里面拿出一条蓬松的毛毯。

"我以为你是来叫我们回家的。"我说道，一边接过那条毛毯。

我紧紧抱着毛毯，阿公把空纸袋沿着折痕折了起来。

"啊,今天刚晒过。"小哲把毛毯压在脸上,说话时的口齿有点含糊。

猫在半夜发出奇妙的叫声是在找结婚对象,但并不是一整年都在找对象,应该很快就结束了。

阿公对始终心神不宁、一直在意窗外的小哲说:"不必理会它们,那是猫在约会。"

阿公躺在中间,我们三个人盖着毛毯,小声地聊着天。闻着阿公衣服上的烟味和毛毯上阳光的味道,感觉很温暖。

游览车上的猫似乎对外面吵闹的约会没有兴趣,全都乖乖地睡觉。有的独自缩成一团,也有的像我们一样聚在一起,睡成了"猫丸子"。当我们不小心愈说愈大声时,小哲和我都相互小声提醒对方:"嘘!"

嘘、嘘、嘘……

平静而深沉的呼吸声。前一刻还在嬉闹、窃笑的小哲突然睡着了。

"要不要吃喉糖?"一时找不到新的话题,我只好问阿公。

"嗯,那就请阿公吃一颗。"

我从放在旁边座位上的背包里拿出喉糖袋子,在手心倒了两颗喉糖,再度钻进了毛毯。那原本就是阿公的喉糖,只是我们从厨房偷拿了出来。阿公当然不可能没有察觉,但他喜滋滋地把喉糖放进嘴里。我们都含着甜中带凉的喉糖。

"那就来睡吧。"

"嗯。"虽然我这么回答,但还不想就这样睡去。

"阿公。"

"嗯?"

"你会不会做梦?"

"偶尔会。"

"怎样的梦?"

"会梦见阿婆。"阿公毫不犹豫地回答,"每次在梦中想着,原来阿婆还活着,然后就醒了。"

阿公闭上了眼睛。

"梦中的阿婆是什么样子?"

"什么样子?就是普通的样子啊。"

"普通的样子是什么样子?"

"嗯……有时候是比较年轻的样子。"

"阿婆很少出现在我的梦里。"我说完这句话,阿公和我都沉默片刻。

"但是,自从阿婆死了之后,我经常做相同的梦。"

"可怕的吗?"

"为什么会这么问?"

"嗯?"

"为什么知道是可怕的梦?"

"我并不知道……是可怕的梦吗？"阿公问。

"我在梦中会变成怪物，"我耸了耸肩，"只不过我也不知道是怎样的怪物。"

"是坏蛋吗？"

"嗯。"

"你会变成那个坏蛋吗？"

"嗯。"

"那可真伤脑筋。"阿公说。

阿公干涩的指尖轻轻敲了敲我的左手背，不一会儿，阿公把手缩了回去，在毛毯内调整了姿势，重重叹了一口气，接着是一阵更长、更长的沉默。

正当我以为阿公睡着时，他突然开了口。

"阿公差不多像你这个年纪的时候，阿公的舅舅去了上海。"

"上海？是中国的上海吗？"

"对。舅舅个性幽默,可惜英年早逝……舅舅从上海寄了一双球鞋给阿公。那是一双很漂亮的球鞋,当时的日本还没有这么漂亮的球鞋。鞋尖有胭脂色的橡胶,鞋底很扎实,好像吸住了脚底,让我跑起来像飞一样快。大家都很羡慕,因为在那个年代,很多人都没有球鞋……"

阿公到底在说什么?阿公粗犷的声音融化在夜晚的空气中。

"有一天,阿公放在学校鞋柜里的球鞋突然不见了。"

"……被偷了吗?"

"嗯,"阿公点了点头,"阿公猜到是谁偷的,因为那个同学经常盯着阿公的球鞋,而且他拜托阿公让他试穿一下时,阿公拒绝了他。虽然阿公让其他同学试穿,但不想让那个同学穿。"

"为什么?"

"嗯,为什么呢?……"阿公想了一下,好像在回想昨天发生的事。

"他的家境在班上算特别穷，总是穿着破破烂烂的上衣，因为没办法带便当，所以每天一到午餐时间，他就不见了……那个同学……"

他连便当都没有吗？真可怜。我在这么想的同时，阿公的身体摇晃了一下，我知道他在点头。

"……那个同学的双眼总是炯炯有神，一脸不把其他同学放在眼里的表情，平时从来不会主动和别人说话，所以大家都说他很自大，也都很讨厌他。"

"真的是那个同学……"我说得太大声了，阿公噘起嘴唇"嘘"了一声。

"真的是他偷的吗？"我问。

阿公微微偏着头，似乎在说，他也不知道。

"阿公在大声说球鞋不见的时候，观察了那个同学，马上就猜到了，然后告诉其他同学，是他偷的。"

"即使并没有证据?"

"没错,并没有证据。因为大家都讨厌那个同学,当阿公这么说,大家很快就相信了。之后,那个同学就没有再来学校。"

外面的猫不知道什么时候已经安静下来,隔着阿公的身体,我可以听到他"扑通、扑通"的心跳声。

"当时的班导师把阿公找去——那个同学叫孝志——班导师叫我去找孝志,请他来学校上课。班导师说,孝志是因为阿公的关系才不来学校上课。当时,阿公刚好在为这件事感到良心不安,被老师当成坏人,所以就更生气了。想到老师竟然袒护那个家里那么穷,而且功课也很差的同学,就觉得很不甘心。但阿公还是去了那个同学家。那天放学后,阿公去了孝志家,因为阿公觉得,老师的话是对的。"

"他家真是惨不忍睹。阿公刚才来这里时,突然想起了孝志,阿公刚才还感到不解……现在知道了,原来阿公想起了他家。孝志家也在河边……但是,那根本称不上是房子,只是用木板和布片围了起来,然后用石头压住,以免被风吹走。阿公掀起门口的草席问'孝志在家吗'时,看到家里有几个穿着破衣服、懒洋洋地坐着的小孩。一个病恹恹地躺在那里、看起来像是他妈妈的女人想要坐起来,孝志立刻满脸不悦地站起来,让他妈妈继续躺着。那一幕把阿公看傻了,孝志把阿公推到屋外,瞪着阿公说:'你来干什么?'他说话有一种陌生的口音,阿公想到,孝志可能就是因为这个原因,所以不爱说话,但阿公那时候才第一次察觉这件事。"

阿公停了下来,压抑着喉咙深处的咳嗽,似乎担心会惊醒已经熟睡的小哲。"要不要再吃一颗喉糖?"我问。

"不,不用了。"

"阿公,你向那个同学道歉了吗?"

"是啊。"阿公刚说完这句话,又用力咳嗽起来,"嗯……"

小哲动了一下，阿公拉了拉小哲脖子周围的毯子，再度娓娓诉说起来。

"阿公向他道歉，说希望他来学校上课，老师也在学校等他。孝志盯着阿公，阿公以为这样就解决了，没想到并没有这么简单。他说，既然要道歉，就得好好道歉，要跪在地上道歉。虽然阿公在心里骂他，但想到老师的脸，所以就照做了。阿公跪坐在河边的石头上说：'真的很对不起。'那家伙竟然叫阿公大声说，阿公抬头看着他的脸，发现他的眼神锐利得简直像是刚抹了油的凿子尖端，让人根本不敢违抗。

"这时，孝志的妹妹从草席后走了出来，年纪大约五岁，但瘦得不成人形，无论脸和身体都不像正常人，感觉很单薄。她的眼睛很大，看着坐在地上的阿公，笑眯眯地说：'哥哥的朋友。'阿公虽然觉得她很可爱，但孝志回头看她的神情不太对劲，这时，阿公才发现，他妹妹穿了一双很大的运动鞋，她穿着鞋尖是胭脂色的球鞋。"

"阿公的？"

"没错，"阿公轻轻叹了一口气，"阿公可以抽烟吗？"

"可以啊。"阿公第一次问我这个问题，我有点不知所措。

阿公微微坐了起来，双手从毛毯里伸出来，从毛衣内的衬衫口袋里拿出烟，慢吞吞地抽了起来，好像他说的故事到此为止了。我看在一旁有点着急。火光照亮了阿公关节粗大的手指，烟雾散开了。一阵"窸窸窣窣"的声音，一只猫离开了游览车。它可能讨厌烟味。

"结果呢？"我终于忍不住问道。

阿公小心翼翼地在座椅后方所附的烟灰缸把烟摁熄，丢了烟蒂后，把烟灰缸盖了起来，双手再度缩回毛毯内。

"阿公一开始只注意到球鞋，所以抓住那个女孩，想要把球鞋脱下来，但那个女孩硬是不让我脱。她整个人缩了起来，难以想象这么瘦的小孩竟然可以像乌龟一样缩得紧紧的。阿公太生气了,便伸手打了那个女孩,孝志扑到阿公的背上,大叫着:'住手,住手。'明明是自己偷东西,还要叫人跪在地上道歉,明明是他卑鄙无耻……阿公当时气坏了。"

阿公再度独自点着头,好像在激励自己继续说下去。

"但是阿公当时只对着那个小女孩下手。照理说,应该和孝志对干,但阿公没有看孝志一眼,而是拼命打那个女孩。你知道为什么吗?"

"因为球鞋穿在她脚上吗?"

"不是。"阿公说,"因为阿公知道,想要教训孝志,对他妹妹下手最有效。"阿公目不转睛地看着我。

"所以阿公打了那个女孩,不光是打她而已,还一次又一次大叫:'你哥哥是小偷!'孝志叫着'住手、住手'的声音渐渐带着哭腔,女孩的双脚不再挣扎,问孝志说:'哥哥,是真的吗?'

那是我第一次，也是最后一次看到孝志流眼泪，因为他之后再也没有去学校。

"阿公从来没有那么后悔过，因为我竟然伤害了一个无辜的小妹妹。如果要打人，应该打孝志，阿公没有想到，自己会为了一双球鞋，做出那么卑鄙的事。" 阿公陷入了沉默。

"球鞋……"我想要知道故事的结局。

"拿回来了。"阿公摇了摇头，似乎在说，即使拿回来了，也不可能再穿了，"一直放在鞋柜深处，有一天，终于拿去丢进了河里。"

我似乎可以听到球鞋掉进河里的声音。

"以后再也不要犯相同的错误——与其为了某样东西而和别人发生争执，还不如不要那样东西。那次之后，阿公始终贯彻这个原则。"

我没有说话，身体紧绷着。我知道阿公是这样的人，只是没想到阿公体内,也有另一个角色,会做出他意想不到的事、产生意想不到的想法。在打那个小女孩时,阿公是怪物吗?如果没有发生那件事,阿公会和现在的阿公不一样吗?

"阿婆住在医院的时候……"

阿公等待着我接下来要说的话。

"我想要关掉那个机器的声音,虽然我并不是故意的,但我那时候想,阿婆不如死了算了。结果……"

"智美,你没有做错任何事。"阿公静静地说,"阿婆也知道。"

阿公和我沉默了很久,我不再想自己的事,而是思考着还是小孩子的阿公、孝志和孝志的妹妹。当阿公再度开口时,声音格外开朗:"如果你年纪更小,应该就不会这么想吧?"

我立刻知道,阿公在问我医院的事。阿公说的应该对,虽然我以前从来没想过这件事。

光在飘散,仿佛在水中。云以惊人的速度移动,金色的帘子掀起,像女王般的满月终于现身了。

"啊,月亮爬得好高。"我说。

"要不要出去看看?"阿公问。

"嗯。"

我为小哲盖好毛毯,阿公驼着背,走在狭小的通道上。

"小哲,月亮很漂亮,你要不要起来看?"我轻声叫道。

"不用了,我等一下再吃。"小哲口齿清晰地回答,身体却一动也不动。

月光下,那些破烂好像都获得了重生,似乎随时会动起来。游览车的引擎发动,电扇转动,土司从烤箱里蹦出来,收音机正在播报新闻……阿公和我一起唱着歌。虽然只有《月光沙漠》是我们爷孙都会唱的歌,但我很惊讶,阿公竟然记得所有的歌词。那些猫用走音的叫声为我们的歌声伴奏。

当月亮渐渐沉落时,我们才终于睡觉。三个人都睡得很熟。

阿姨生病了

嗨！我听到声音回头一看，黑鼻竟然站在家门口。它用两条后腿站直了身体："智美，你不打算再回家了？"我为什么会做那种梦？我当然每天都回家，但听到那句话时，忍不住一惊，好像被问了不愿被提起的事。

阿公吃完饼干配橘子的早餐就回家了。虽然他抱起毛毯说"万一变成猫的窝就惨了",但并没有叫我们回家。可能因为睡眠不足、座椅太狭小,再加上太冷的关系,阿公沿着堤防离开,走起路来就像机器人一样僵硬。他的背影看起来好像突然老了好几岁。

"姐姐。"小哲站在那里,流浪猫在附近走来走去,"没有鸡汁拉面了吧?"

"……要不要去看看?"

"嗯,去吧!"

虽然我并没有说要去哪里，但小哲立刻露出兴奋的表情。

我们来到阿姨住的公寓，发现她的脚踏车停在和下雨的那天晚上相同的位置。原以为她应该会马上出门，所以我们等在马路对面。最先出门的是住在阿姨隔壁的邻居，一个身穿西装的男人冲了出来，急急忙忙冲下楼梯。然后最里面的那扇门打开，一个穿着连身工作服，头戴安全帽的男人也匆匆出门了……大家都出门上班了。我想起了爸爸。因为那个穿西装的男人跑过我面前时，我闻到了和爸爸刚起床时相同的味道。

但是，阿姨家的门迟迟没有打开。我和小哲走上公寓的楼梯，按了门铃。一次……两次……三次。没有人出来应门。

"是不是已经出门了？"小哲抬头望着我，"可能她出门没多久，我们就来了。"

"但我们刚才是从堤防上走过来的啊。"

"要不要去空罐头的地方看看？阿姨可能工作很忙。"

也只能这样了。我们正打算下楼,房门"吱吱咯咯"地打开了一条缝。

"啊,原来是你们。"阿姨穿着蓝色花卉图案的睡衣,睡眼惺忪的样子。原来她还在睡觉。我正在这么想,听到小哲担心地问:"阿姨,你生病了吗?"

"不,还不到生病的程度。"

虽然阿姨这么说,但她的身体前倾,似乎连站立都有困难。

"有没有去看医生?"小哲走进屋内。

我拉住小哲的衬衫,想对他说,我们不要打扰阿姨。

阿姨转身看着厨房的瓦斯炉。"可以拜托你们吗?"阿姨说。

我们还来不及问她什么事,她就蹲在瓷砖地板上。

"阿姨?"

"我没事。"阿姨嘴上这么说,但把歪着的头抵在地上,胸口用力起伏。

"啊——"小哲发出好像气球漏气般的声音，也蹲了下来。

我脱下鞋子，双手伸进无力瘫在那里的阿姨两侧腋下，几乎用拖的方式把她拖进了里面的房间。"阿姨，被子在那里吧。我们去那里，快到了。"我不由自主地不停说话。

"小哲，把被子掀到旁边，动作快。"

小哲带着一脸快哭出来的表情冲了过来，摇晃着身体，把被子掀起来。

阿姨躺下休息片刻后，呼吸终于平静了。枕头旁的脸盆里有一条毛巾。阿姨可能在发烧。我去厨房在脸盆里装了新的水，然后拧干了毛巾。

瓦斯炉上放着和上次一样的大锅子，里面装满了卷心菜煮鱼杂。锅子还温温的。我拿着锅盖，忍不住叹着气。

阿姨那天淋到雨，所以生病了。虽然是为了照顾那些流浪猫，但把自己累得生病，未免太不值得了。无论阿姨一个人再怎么努力,还是有人把猫丢掉,也会继续无视"严禁丢弃垃圾"的牌子。

回到里面的房间,看到小哲把手放在阿姨的鼻子上,简直就像是有特异功能的奇人。

"我在密切监视,只要阿姨一停止呼吸,我就会立刻知道。如果阿姨没呼吸了,我可以马上为她做人工呼吸。"

小哲的表情很认真。

"你不要在这里碍事。"我叫小哲走开,把脸盆放在那里,把毛巾折成刚好可以放在额头的大小。这个春假太奇特了,不久之前,我还在家里照顾发烧的小哲,现在又在做相同的事。

"姐姐,我知道怎么做人工呼吸……啊!"

我低头一看,发现阿姨张开了眼睛。

"阿姨,你没事吧?"我问。

"对不起,给你们添麻烦了。"

我把毛巾放在阿姨的额头上,她用沙哑的声音说:"谢谢,我很快就会好了。"

"要不要找医生来?"小哲小声地问。

"不用了,不过……"阿姨想要坐起来,却突然用力咳嗽起来,"锅子里……"

"嗯,我刚才看到了。"我回答说,我知道只能由我们去做了,"我们会去给猫送饭吃。"

等我们回到公寓,把水桶和容器洗干净后,已经快中午了。

"情况怎么样?"阿姨想要坐起来,但脸色像纸一样白,她立刻又躺回枕头上。

"它们吃得很开心,原本以为只有我们不行,姐姐,是不是很顺利?"小哲抬头看着我。"嗯。"我应了一声,坐在榻榻米上。载了猫饭的脚踏车重心不稳,而且很重,光是去游览车和游船池那里，就已经累坏了。

"冰箱里有苹果，你们拿来吃。"

我在阿姨被子旁削苹果。阿姨家的刀子比家里的大，而且很利，我要削得漂亮一点……但是，想到阿姨会听到刀子削进果肉的声音，就不由得紧张起来。啊。刀子削到左手大拇指了。

"啊，流血了！"小哲叫出了声。

真希望小哲不要乱叫，幸好阿姨躺在床上问我"割到手了吗"的声音听起来慢条斯理。

"没事，只割伤一点而已。"

"电视下面的抽屉里有创可贴。"

"谢谢。"我跟阿姨道谢，打开抽屉，里面整齐地放着感冒药、眼药水和看起来已经补充过很多次的创可贴铁罐，还有一个像是买药附赠的塑胶兔子手指娃娃，兔子露出"我也不知道为什么一直在这里"的表情。我对兔子打了声招呼："改天见。"然后关上抽屉,贴好创可贴,继续削苹果。

"我喂阿姨吃。"小哲拿起我削好的一块苹果递到阿姨嘴边。

"我不用了,现在不想吃。"阿姨说完,小哲迫不及待地说:"如果不吃的话,就要去打针,让医生用很粗的针筒打一针。"那是妈妈经常对他说的话:"用很粗的针筒——'噗滋'!"

"小哲!"

"啊?"小哲转头看着我。

"阿姨在生病……"可以不要露出这种兴奋的表情吗?

不知道是不是小哲的恐吓奏效了,阿姨吃了两片苹果,又吃了药后躺下说:"虽然没有食欲,但还是应该吃点东西,多亏你们了。"她的嘴抿成"一"字形,应该是打算露出笑容。

"阿姨,我来煮猫的晚餐。"我说。

"姐姐,你会做吗?"

阿姨微微偏着躺在枕头上的脑袋:"你可以吗?"

"可以。"

"冰箱里有两颗卷心菜,只要切成小块就好,还有半袋小鱼干,全都用完吧。"

原来要切卷心菜。虽然我刚才脱口说要为猫做晚餐,现在才想起除了家政课的烹饪实习以外,我从来没有下过厨:"呃,小鱼干要……"

"锅子里装水,把小鱼干倒进去煮一会儿之后,再把卷心菜放进去。不要放太多水,因为卷心菜会出水。"阿姨一口气说完后,痛苦地咳嗽起来。

"智美,真的没问题吗?"阿姨再次向我确认。

"没问题,姐姐之前做过拉面。"

我很不安,但小哲代替我回答。

我花了一个小时切卷心菜，因为一直握着菜刀，右手的手掌很酸。我甩了甩贴了两块创可贴的左手。不知道妈妈会不会发现……

但是，妈妈完全没有看我一眼。这也是无可奈何的事。我暗想道。

"昨天晚上对不起。"我鼓起勇气道歉。阿公吃了一大口饭，点了点头，好像在说："很好，很好。"

"没关系，开心吗？"

但听起来不像是"没关系"的感觉。

"很好玩啊，猫发出了很奇怪的叫声。"小哲用高亢的声音模仿猫的叫声，然后瞥了我一眼，又看了看妈妈，然后又看着我，"我已经吃饱了……"

妈妈把味噌汤里的豆腐放进嘴里，但感觉并不是在生气，而像是不管怎么打她、怎么捏她，她都完全没有感觉。

"如果你有话要说，就干脆说出来吧。"吃完晚餐，妈妈坐在电视前时，我去找她理论，"我已经说对不起了。"

"不是你的错。"妈妈转过头时双眼通红，"我有点累了。"

说完，她又转头看着电视，但我知道她根本看不进去。妈妈很沮丧。

妈妈对站起身的我说："晚安，昨晚没睡好吧？"

"嗯，晚安。"我只回了这句话，然后慢慢走上了楼梯。

游船池畔的三只小猫从刚才就一直扑向母猫的长尾巴玩耍。它们压低脑袋，奇妙地扭着屁股，锁定位置后就猛扑过去。母猫看起来像在熟睡，但也会摇动尾巴陪小猫玩。

有时候小猫也会去扑其他东西，比如蝴蝶，但它们绝对抓不到蝴蝶。"又失败了。"我们笑了起来，小猫露出惊讶的表情看着我们，然后又对着小哲拎在手上晃动的钥匙圈竖起耳朵，压低了头，好像完全把蝴蝶忘在脑后。

"小哲，赶快整理一下。"坐在长椅上的我站起来，小哲像猫一样伸着懒腰。平时这个时间我们才刚起床。嗯嗯。我用力伸展双手和双脚，残留在身体角落的睡意变成了碎片，消失不见了。

我们一大早去了阿姨的公寓，阿姨的烧还没有退。我和小哲两个人把昨天剩下的猫饭装上脚踏车，先去游览车那里，然后才来这里。很多赶着上班的人去车站时会经过游船池周围，猫和我们都有点心神不宁，幸好没有人叫我们。大家都很忙，而且可能只是想要表示：我们故意视而不见。

刚才小哲看着猫吃饭时说："猫吃饭的样子有点像阿公。"我忍不住笑了。的确有点像。因为阿公可能假牙有点问题，吃饭时总是很费力，只不过比猫好多了。猫在吃饭时，左右晃动着脑袋，发出"喷吧喷吧"的声音，嘴巴一直动不停，我在一旁看着也觉得着急。

"姐姐……姐姐!"小哲压低声音叫我。

"等一下,我正在忙。"

我把收起来的盘子放进脚踏车前方的篮子后,回头问他:"什么事?"随即感到惊讶不已:小猫抓着小哲灯芯绒长裤膝盖的地方,那是三只小猫中最活泼的一只,只有鼻子周围的毛是黑色的。我们给这只小猫取名"黑鼻"。

"怎么办?我在和它玩,结果它就扑上来了。"

小哲被小猫抱住的腿僵在那里,像在玩"木头人"游戏般一动也不动。小猫似乎也不知道该怎么办,一直抓着他不放。

我悄悄走过去,在小哲腿旁蹲下,把小猫抱了起来,它那被一身柔软的毛覆盖的身体细得令人惊讶,抓在手上会感到害怕。黑鼻小而锐利的爪子抓上小哲裤子时发出"嘎哩嘎哩"的声音,当它所有的爪子都离开小哲的裤子后,它开始挣扎,想要逃离我的手。

"不怕,不怕。"

小哲小声地重复着,轻轻摸了摸垂着耳朵的小猫脑袋。柔软的毛下颤抖的身体渐渐平静,不一会儿,我的手可以感受到它的喉咙发出"咕噜咕噜咕噜"的声音。

"它说它很舒服。"小哲说。

小哲把全身的注意力都集中在指尖,轻轻抚摸着小猫。猫那对好像紧贴在脑袋上的耳朵渐渐放松,渐渐可以看到内侧的粉红色。小哲用手指轻轻抓住小猫的前脚,好像在和它握手般轻轻摇晃着。

"我也要。"我也模仿小哲,用指尖和黑鼻握手。原来猫的脚底是这种感觉,很干,很柔软,也很紧实,和以前摸过的所有东西感觉都不一样。黑鼻发出短促的叫声,似乎在回应我们。

"小猫你好,我叫桐木哲史。"

黑鼻突然挣扎起来，从我的手中溜走了，头也不回地跑向在草丛中观察我们的母猫。

我跟小哲回家一趟，下午又骑着脚踏车出门，跑去附近商店街和远处超市之间的五家鱼店。阿姨和这五家鱼店说好，每个星期五都会去拿鱼杂，今天刚好是星期五。

我们根据阿姨画的地图去了这五家鱼店，老板都认识阿姨，听说她生病了，大家都很担心。有人问："哦，她有小孩？"也有人说："你们真乖。"但并不是每个人的反应都一样。

"要喂流浪猫？"

最后去的那家"鱼胜"的老板娘双手交叉说道。老板娘的脸很尖，长得像梭鱼。

"给流浪猫吃不行吗？"我问。

梭鱼老板娘把穿着的长雨靴踩得很大声,走过我面前,把塑胶桶里的脏水用力倒在地上:"不是说不行,我以为客人自己家里养猫,所以才愿意送她,既然是喂流浪猫,就和丢掉没什么两样。"

我不知道为什么和丢掉没什么两样,只能愣在原地,这时,刚才去隔壁超商闲逛的小哲走了回来。

"阿姨,谢谢你的鱼。"完全不了解状况的小哲笑着说,梭鱼老板娘惊讶地瞪着眼,"猫真的很喜欢吃鱼,我不太喜欢,但竹荚鱼干还不错。"

梭鱼老板娘无奈地摇摇头,走进店里,拿了一袋鱼杂出来,然后把另一个塑料袋交给小哲。里面有两尾竹荚鱼干。"哇哦!"小哲兴奋地叫了起来,"谢谢,我要帮这两尾鱼取名字。"老板娘再度瞪大了眼睛。

"不用取名字,和你姐姐一起吃,不吃鱼不行。"

回到阿姨的公寓，我用水把满是血的鱼杂洗干净，然后又汆了一下。

"姐姐，你好厉害，敢摸鱼杂。"

小哲惊讶地看着，连我自己也感到惊讶。

今天的猫饭是新鲜的鱼杂，比起蔬菜煮小鱼干，那些猫似乎更高兴，吃的时候，喉咙不断发出"呜噜噜"的声音。

"希望以后，真的是以后啦，还有机会住在这里。"我好像打节奏般，用指尖弹着游览车的车身说道。

小哲转头看着我说："如果妈妈说不行，就叫她一起来住。"

游览车被晚霞染成了橘色，好像涂上了橘色的油漆。小哲也一起被染色了。我正想回答说"是啊"，这时，后方传来一个声音。

"你们在干什么？"

我回头一看，是同班同学精子。"精子"当然是他的绰号。他姓"金子"，但从来没有人叫他金子同学。如果有人开玩笑叫他"精子鸡鸡",他一个男生竟然会抽抽搭搭地哭。精子的一双小眼睛紧张地四处观望,最后看向装了水桶的脚踏车、游览车和猫吃饭的容器。

"你们在这里干什么?"精子从堤防走下来,向我们走来。

没干什么……我正想这么回答,精子手上抱着的白色卷毛狗"汪、汪"地叫了起来。精子把狗放下来,解开了有金色扣环的红色牵狗绳。那只狗似乎没有勇气冲上垃圾山,神经质地拼命吠叫,一直在原地打转。正在吃饭的猫纷纷逃走了,小哲也发出"啊"的叫声,双手拿着装了猫饭的容器,跑去倒在冰箱后方的地上。

"那是你弟弟?"

"是啊。"

精子皱起眉头看着水桶,又问了一次:"你在干什么?"精子每次都这样,总是喜欢打听,然后去告状、四处散播流言。

真伤脑筋,有没有办法把他赶走……我正在这么想,一只满是眼屎的虎斑猫一身硬毛靠在我脚边。

"哇，好脏的猫。"精子后退着，"没事吧？"他露出奇怪的表情看着我，好像在拼命忍着笑。

"没，没事啊。"我结结巴巴地说。这只猫真的很脏。

"是哦。"精子语带怀疑地应道。那只特大号的虎斑猫叫了一声："呜啊。"

精子又后退了半步："这里的流浪猫真多。"

"好像是。"既然你知道，就赶快用牵狗绳把那只笨狗绑起来。

"我第一次来这里。"精子嘟着嘴，故意皱着眉头，假装自己在沉思，"我妈妈说，因为有人来喂，所以才会这样。"

"'这样'是指猫吗？"

"是啊。"

"精子鸡鸡，你脑袋破洞了吗？"

精子愣了一下，然后露出比刚才更好奇的眼神。

"有人把猫丢来这里，当然是那些人的错。"精子说。

"但是，"精子装模作样地拉了拉POLO衫雪白的衣领，"因为知道把猫丢来这里也有人喂，所以才会丢来这里吧？"

我以为自己听错了："因为知道把猫丢来这里也有人喂，所以才会丢来这里？"

"我妈妈说，因为有吃的，所以猫才会聚集在这里。当有很多流浪猫在这里时，有人就会觉得丢来这里也没关系……"

"精子鸡鸡。"

"不要这么叫我。"

"精、子、鸡、鸡，"我张大嘴巴，一个字一个字地发音，"所以你会把猫丢在有人喂食的地方。"

"我才不会这么做，我爸爸讨厌猫，所以不会养猫。"精子拼命摇着理成弟弟头的脑袋。这家伙到底在想什么啊？即使不照镜子，我也知道自己的眼睛瞪成了三角眼。

精子和我四目相接后，手足无措地左顾右盼，用很蠢的声音叫着他的狗："露露！"

"那……"他抱着他的白狗往后退，慢吞吞地爬上堤防。

"别走啊，所以要让它们饿死吗？还是你要带毒气来这里？"

"我不知道啦，我不管啦。"精子突然用快要哭出来的声音说道，"但妈妈说，这种地方的猫都很脏，摸了会生病……"

虎斑猫在我的脚下忙碌地舔着屁股，我猛然把它抱了起来。猫被抱住腋下后，身体一下子拉得很长，在我面前垂了下来。

"呃啊！"精子瞪大了眼睛，吓得脸都抽搐起来。

"你别走啊！你摸摸看，才知道是不是真的会生病。"

我把身体拉长的猫举到头上，冲上了堤防。

"不要！"精子拔腿就逃，他手上的狗兴奋地"汪汪"叫了起来。

精子在堤防上的身影愈来愈小,最后只剩豆粒般大小,他仍然没有停下脚步。

猫在我手上拼命挣扎,滑到地上时,不停地眨了好几次眼睛,最后瞪了我一眼。

"对不起,对不起。"

虎斑猫抖动了一下身体,全身的毛瞬间竖了起来。当竖起的毛恢复原状后,它又开始舔自己的前脚,好像什么事都没发生过。

"你好重哦,要不要再来一次?"我说。

虎斑猫慢吞吞地走开了,后背扭得像蛇一样。

小哲从刚才就变成了斗鸡眼。

"你看不懂的话,给我看啦。"我说。

"不用。"小哲背对着我伸出的手,发出"嗯——"的呻吟。

"三十七度二。"

他终于大声读出了数字,然后重重地吐了一口气:"基本上已经退烧了。"

阿姨尴尬地点了点头,好像小哲说的是体重计上的数字。

阿姨发烧已经四天了。我甩着体温计,想着这件事。这代表从我们睡在游览车上那天起到现在还不满一个星期,但我觉得好像是更久以前的事。

"真的很谢谢你们。"阿姨向我们深深地鞠躬。她突然用力拍了一下手,发出很大的声音,然后用手搓着因为发烧,变得苍白干燥的脸颊皮肤:"好,终于有精神了!"

但是,她去厕所时,还是有点像喝醉的大叔一样摇摇晃晃。

午餐的时候,我在阿姨家煮了鸡蛋乌冬面。只是在快餐乌冬面里加了鸡蛋而已(而且蛋壳还不小心掉了进去),葱花也切得太大段,所以吃起来有点辣。但是,三个人在洒满阳光的房间内吃饭是一件心情愉快的事,更何况吃的是我煮的食物。我会煮猫饭,还会煮乌冬面。只不过学会了这两件事,就觉得无论去哪里,自己都可以生存。

"阿姨,猫会打喷嚏,也会打哈欠、咳嗽。"小哲喝完乌冬面的最后一滴汤汁后说道,"而且,猫的叫声都不一样。有的是'哎、哎'叫,有的是'安嗯、安嗯'叫,催促赶快给它吃饭。"

"我知道,我知道,"阿姨的声音顿时变得很有精神,"发出'安嗯、安嗯'声音的是那只棕色的虎斑猫。"

"没错!它从很远的地方一路'安嗯、安嗯'叫着走过来,但走过来后又不马上吃,先开始磨指甲,结果其他猫都抢着吃了。"小哲用毛衣袖子擦嘴,"为什么每次吃乌冬面就会流鼻水,我回家要查一下。"

"我猜是因为它看到猫饭太高兴了,所以有点紧张,才会开始磨指甲。"听到我这么说,阿姨露出深有感慨的表情。

"太高兴时的确容易紧张，就像是心动的感觉，我早就忘了这种感觉。"她那双几乎被淹没在四方脸上的小眼睛凝望着远方。

小哲和我互看了一眼。

"姐姐，体温计是不是坏了？"小哲小声地问，"阿姨好像还在发烧。"

嗨！

我听到声音回头一看，黑鼻竟然站在家门口。它穿着蓝色短裤，用两条后腿站直了身体："嗨！智美，午安。"

它会说话？它不是猫吗？黑鼻动了动长了一小撮黑毛的鼻子："不要这样盯着我看，会很痒啊。我可以进屋吗？"

"请进。"我慌忙对它说。

"还挺干净的嘛。"黑鼻站在厨房的塑料地砖上东张西望。

它挺起了胸膛，那里的毛比全身其他地方稍微长一点，也微微向上翘着，和平时的它一样。

"智美……"

"嗯？"

"你喜欢这里吧。"

"是啊，我喜欢。"

"你不打算再回家了？"

啊？我猛然惊醒，发现自己正坐在阿姨家厨房的椅子上——在等锅子里的水煮沸时，我用额头顶着冰箱睡着了。

厨房内弥漫着蒸气。小哲去哪里了？我关了瓦斯炉的火回头一看，阿姨背对着我在睡觉，身体缩成一团，烫了卷发的脑袋埋在胸前，睡觉的样子很像小哲。阿姨退烧之后又烧了起来，今天傍晚可能无法出门了。我这么想着，巡视着阿姨家中。我喜欢这里。阿姨家总是整理得井然有序，光线充足，住起来很舒服，可以感觉到主人很爱自己的家。洗得亮晶晶的锅子和瓦斯炉，洗过很多次但熨烫过的床单，整理得很干净的冰箱，还有洗手台上的白色肥皂，总觉得只要在这里，就不会发生任何不好的事，没有任何不足，因为阿姨、小哲、流浪猫和我就是世界的一切。

但是，我为什么会做那种梦？我当然每天都回家，但听到"你不打算再回家了？"时，忍不住一惊，好像被问了不愿提起的事。

我蹑手蹑脚地走到衣柜上方的小相框前。照片中有一个看起来比小哲年纪稍长的男孩，穿着蓝色短裤。拍摄地点可能在谁家的院子，院子里有一株很大的绣线菊，开得正盛。男孩眯着眼睛，看着照片角落的屋檐。起初我以为他只是抬头向上看，但仔细一看，发现屋顶上有一只猫，猫在叫，好像在对男孩说话。

阿姨翻了身，我立刻将视线从照片上移开。那个男孩是谁？其实我早就看到这张照片了，却假装没看到。小哲个子太矮，并没有发现这张照片，所以我也没有向他提这件事。

我对阿姨一无所知。为什么每天去喂猫？她没有家人吗？我完全不了解这些事，只知道她喜欢吃苹果，不喜欢喝牛奶。看了水费账单，知道阿姨的名字叫佐佐木纪江。公寓的门上只有201，并没有名牌。还有一件事，就是她有时说梦话会说："小良，对不起。"

听到她的梦话时，我坐立难安。我喜欢阿姨，但可能并不想了解她的生活。在我内心深处，希望她只是小哲和我所知道的、每天去喂流浪猫的阿姨，但这种想法似乎很自私。

我再度回头看着照片里的男孩。妈妈仍然整天情绪不稳定，爸爸也没有回家，而且阿姨也还没有退烧。

但是，照片中的男孩只是面带笑容地看着猫。

我的决定

小哲,危险……我以为是远处传来的惨叫声,但那是我发出的惨叫。我对着那张好像戴了假面具般的脸叫了很久很久。我要在你的面前变成这个世界上最可怕的东西!我持续呐喊,不知道自己到底呐喊了多久,直到呐喊占据了我的全身,把所有的一切都挤出来。

"突然上门好吗？"小哲问。

"他已经十天没回家了，万一饿死了怎么办？"

翌日，我向小哲提议，要去爸爸的公寓看看。既然爸爸不回家，我们可以去看他。不要一味等待，可以叫爸爸回家。为什么之前都没有想到这件事？

"如果影响爸爸的工作，他会很生气。"小哲说。

"没关系。"

我拿着写了地址的纸条，按照刚才在派出所打听的路线，走过一排中古车后转了弯。挡风玻璃上贴着价格，一语不发的汽车注视着我和小哲经过。虽然从家里搭电车来这里才五站,却觉得好像来到了很遥远的地方。

"啊,在那里!"

小哲指着一片卷心菜田后方老旧的两层楼公寓,上面挂着用毛笔写的"向日葵庄"的广告牌,难怪刚才的巡警说,"一眼就可以看到"——在崭新的公寓中间,泛黄的砂浆墙壁格外醒目。

走到公寓前,才发现这栋房子比在远处看时更破旧,所以有点失望。我们在玄关的木板上脱下鞋子后,往里张望:走廊两侧各有三个房间,走廊尽头的楼梯两侧分别是共享的厕所和厨房,一个穿着运动裤的男人正背对着我们煮东西。他的运动裤有点垮下来,可以看到里面的格子内裤。整栋公寓内都弥漫着油烟味。

"有什么事?"运动裤男回头问我们。他的鼻子上有一大块脱脂棉,贴着创可贴。小哲的双眼盯着他的创可贴,我慌忙问:"请问有没有一个姓桐木的住在这里?""桐木?"他熄了瓦斯炉的火,平底锅的"滋滋"声好像气球萎缩般渐渐消失。他用一只手拉了拉掉落的运动裤,用下巴指了其中一个房间,说:"应该是那里吧。是不是大学老师?戴了一副眼镜?"

爸爸虽然戴着眼镜,但并不是大学老师。

"头发像这样……"

运动裤男把一只手放在头上,做出云在上升的动作。我知道他想要表示那个人的头发乱蓬蓬的。

"应该就是他,但他并不是大学老师……"我说。

"是哦。"运动裤男拿着平底锅走过来几步,平底锅里装的是香肠。

"他在做翻译,把德文翻译成日文。"

"那应该就是那间了。"运动裤男指着左侧的拉门说完,趿着拖鞋,"啪嗒啪嗒"地走上了楼梯,"他可能在睡觉,因为他经常熬夜。"

我悄悄拉动那扇木门，门没有锁。我拉开一条缝向里面张望，在昏暗的榻榻米上，看到一件女人洋装的衣角。我慌忙小声地把门关起来。

"好像不是这里。"

"是这里啊。"小哲伸手想要开门，我按住了他的手。

"不是这里。"我说。

"为什么？"

为什么？因为……为什么爸爸房间里会有女人的衣服？我觉得眼前发黑。唉，如果妈妈知道了，不知道会怎么样？完了。爸爸会和妈妈离婚，小哲和我会变成孤儿……

"妈妈在里面啊。"小哲说。

"啊？"

玄关木板旁有一个沾满泥巴的鞋柜，小哲指着那里。那里有一双米色高跟鞋。没错，那是妈妈的鞋子。

我再度悄悄打开拉门,走进屋内。妈妈双手夹在腿间睡得很熟,裙摆散在被阳光晒黄的榻榻米上。

小哲用力吸着鼻子,小声说:"好臭,妈妈擦香水。"

妈妈经常来这里吗?窗边有一张小书桌,书桌周围堆了很多书,洗好后叠整齐的衣物放在唯一的坐垫上。我再度看着妈妈。

妈妈穿了一件天鹅绒黑色洋装。那是爸爸很久以前买给妈妈的,妈妈只有在我们一起去外面吃饭,或是特别的日子才会穿这件衣服。平时绑起来的头发,今天也吹整得很漂亮。

我从叠好的被子之间拉出毛毯,盖在妈妈身上。她舒服地钻进了毛毯。我以为妈妈醒了,没想到她继续发出均匀的鼻息,睡得很香甜。

走到门外,刚才始终没有说话的小哲突然大声问我:"为什么?姐姐,我们要回去了吗?"

"今天就交给妈妈处理。"

如果妈妈打算来找爸爸吵架,不可能特地打扮,还给爸爸送换洗衣物。

"爸爸去哪里了?看到妈妈在这里,一定会吓一大跳吧?"小哲回头看着公寓,对着紧闭的窗户做出开枪的动作。

"一定马上就回来了。"如果不是的话,就要判爸爸死刑,"唉,真希望我是男的。"

"为什么?"小哲不知道从地上捡起了什么,然后用那个东西刮着卷心菜田和道路之间的药店广告牌。

"因为男人比较轻松啊。"

"为什么?"

"不要整天问为什么、为什么,快走吧。"

我跑了起来。

小哲好像在走平衡木般，走在昏暗马路清楚浮现的白线上。下了电车后，我们走去阿姨的公寓。虽然她今天早上走路还有一点不稳，但已经自己去喂猫了。现在去的话，应该可以一起帮忙。

"很久很久以前，有一个大盗，即使在伸手不见五指的黑夜，也可以靠一根木棍奔跑。他一路甩着木棍，虽然完全看不到，却可以全速奔跑。"小哲说，他一脸认真，好像一旦偏离白线，就会没命一样。不知道伸手不见五指的黑夜是怎样的感觉。"即使完全看不到，只要有一根木棍就可以奔跑真是太厉害了。"对啊，我也想要一根这样的木棍，只是完全不知道哪里有这种木棍。

小哲停下了脚步。因为迎面走来的一双穿着皮鞋的脚也同样走在白线上，那双穿皮鞋的脚停顿了一下，走到小哲面前时突然绕开，继续走在白线上。

"姐姐，你怎么了？"

我整个人僵在原地。就是那个家伙，虽然今天穿着风衣，但绝对没有错,他就是那个穿着灰色工作服、眼睛很亮的男人。

"姐姐,你怎么了吗?"小哲倒退回到我身旁。

"没事。"

我继续往前走,回头一看,后方没有人。和上次一样,当我回头时,人就不见了,然后下起了雨……

"那个人,"小哲转头看向后方,微微偏着头,"之前也见过。"

我惊讶地看着小哲。

"是不是之前也见过?"

"在哪里?"我好不容易挤出这句话。

"下雨的时候。"小哲倒退着走路,"记得那次看到他的时候我还在想,这个人有很多白头发。"

"你上次根本没看到。"我的声音沙哑。小哲那天在发呆,根本没有察觉发生了什么事……

"我看到了啊,真的看到了……"

"你没看到！"我突然大叫起来，"因为他摸了我！"

小哲那双浅色的眼眸在半空飘来飘去，眼神也渐渐黯淡。突然，他跑了起来。我起初并不知道是怎么回事，但随即恍然大悟，追了上去。

"不可以！"我从背后抱住他，制止了他。

"放开我！快放开我！"

"不可以，绝对不可以去！"

一旦去找他，一定会被他杀了。那个家伙一定会用比袭胸更快的速度把小哲分尸。因为刚才只是看到他，都觉得他是一脸冷笑的魔术师，甩着黑色大斗篷，把我眼前的一切变成了灰色。

"姐姐，"小哲上气不接下气，"你一定觉得我打不过他，觉得我会被他暗算。"小哲狠狠瞪着我，好像错的不是那个男人，而是我。我第一次看到小哲脸上露出这样的表情。

钩爪发亮、长满毛的手，猫尸体，妈妈哭肿的双眼，倾盆大雨，小哲苍白的脸，高大的围墙……无数事物就像闪烁的灯光般，接二连三地浮现在我眼前。我摧毁了这一切。每一次转身，每一次呐喊，就把所见的一切撕裂、砸得粉碎，或是付之一炬。我摧毁了围墙，摧毁了桥梁，摧毁了房子，摧毁了街道。心情畅快无比。把人踩在脚下时，我很想放声大笑、尽情地笑！我心神不宁，就像快要打喷嚏前的感觉。

姐姐……

心神不宁的感觉突然破了一个洞。

姐姐……

小哲白净的脸看着我："你没事吧？你刚才磨牙好大声。"

我的身体绷得很紧。脑海中仍然充满嘈杂的声音，当我用力吐气时，额头隐隐作痛。虽然是熟悉的梦境，但从来没有这么畅快过，所以醒来反而有点不愉快。

"游览车那里的猫不太对劲。"小哲吞吞吐吐地说。

"不对劲？"

"全都脱毛了。"

"原来是这种事。"这种情况根本不稀奇。那里的猫不是浑身掉毛，就是有很多眼屎，流浪猫原本就是这个样子。

"今天早上，我和阿姨也在聊这件事，因为很不放心，所以我放学时又去看了一下……"

听到"放学"这两个字，我想起来了。春假放完了，小哲今天开始上学。

昨天从爸爸的公寓出来后，我和小哲一起去了阿姨的公寓，但我没有去见阿姨，一个人回了家。一走进自己房间，就看到中学制服。应该是妈妈去帮我拿回来的。我把制服挂进衣柜，钻进被子里，连晚餐也没吃。今天早上小哲出门时，我也假装在睡觉。

不要再说头痛了,明天就是入学典礼,先试一下制服,还有新的袜子吧。虽然我一直闹别扭,但其实心里很清楚,我会自然而然地成为中学生,自然而然地长大成人,自然而然……

但是,不知道为什么,我有一种奇怪的预感,预感自己可能不会去参加明天的入学典礼……

"……阿姨是这么说的。"

小哲的声音停了下来,我猛然回过神。

"阿姨说什么?"

"我不是说了吗?阿姨也说突然变得严重了,昨天傍晚见到库洛的时候……"

我想起有一只叫"库洛"的猫有时没有来吃饭,我还以为是阿姨不在的关系。

"……它的脸一半都脱皮了,吃饭的样子也很没精神。"小哲沉默了片刻。

"它都没怎么吃吗？"

小哲点了点头。

我想提议带库洛去看医生，但立刻发现那是不可能的事。那里有太多流浪猫，即使有能力带它们去看医生，那些猫也不可能乖乖给兽医看病。

小哲似乎猜到了我在想什么，对我说："我去宠物店买了药。"然后沿着双层床的梯子爬了下去。他从桌上的纸袋里拿出褐色瓶子，又带着《爱猫疾病一一〇》，然后又爬了上来。书里夹了一张纸，打开那一页，有很多得了皮肤病的猫照片。

"把药倒在水里溶解后，喷在猫身上。药店的叔叔说，不能直接用手摸。"

"简直就像毒药。"我说。绿色盖子的瓶子中装了深色的黏稠液体。

"别担心，阿公给了我一个旧的洒水壶。"

"用洒水壶喷药吗？"

"对，"小哲点了点头，"阿公说，那个洒水壶会漏水，还帮我焊一下修补好了。"

"是哦。"

"很厉害吧，只要跟阿公说，他什么都可以变出来。"

小哲把书合起来，小心翼翼地把药瓶放进了裤子口袋。

"我要带着药去游览车那里，原本想找你一起去……但好像有困难。"

"对不起。"

"要不要我拿冰枕给你？"

"不，不用了。"

"那我走了。"小哲走出房间时，回头向我打招呼。我向他挥着手，却不敢正视他的脸。

小哲想要去追那个男人，为了我去追那个男人。即使如此，我今天仍然不敢走出家门。虽然头痛并不是说谎,但如果头不痛,我也一样不会出门。

我用冰冷的手掌按着额头,从床上爬下来。站在窗前往下看,发现小哲已经走在马路上。他穿着长雨靴,一只手拿着橡胶手套,因为沿途没有可以装水的地方,他的另一只手拿着装满水的洒水壶,摇摇晃晃地走在风中。看他的样子,恐怕要三十分钟才能走到游览车那里。

我回头一看,小哲刚才走出去时没有关门,门微微敞开着。门外侧的走廊窗户打开了十厘米左右,传来邻居爷爷用园艺剪刀修剪树枝的声音。

我再度隔着磨损的蕾丝窗帘,把额头靠在冰冷的窗户玻璃上。小哲刚好停下了脚步,他把笨重的铁皮洒水壶放在地上,换另一只手拿起来后,继续走。洒水壶太重了,他走路的时候,身体微微向前冲,转过街角后,消失在桂花树后方。看不到小哲的背影后,好像有一个肉眼看不见的时钟,秒针"滴答滴答"地动了起来,我无法再躺回床上休息。其实我早就知道答案了,那些流浪猫生病了,这是眼前最重要的事,而我独自躲在家里,既不轻松,也不安全。

"小哲,等等我。"

我小声说完,开始换衣服。我必须去,今天无论如何都要去。

"你要出门吗?"

我蹲在玄关,阿公在背后问我。

"喂,智美。"

"嗯。"我走下楼梯时,眼前变成一片黄色,脑袋阵阵发痛。

"你的脸色很差。"

果然没办法出门。我暗自想道。

"阿婆?"我惊讶地转过头。

阿公一脸错愕地看着我,手上拿的水蓝色扇子打开了一半。那是阿婆的扇子。

"阿婆的味道……"

"是吗?"阿公应了一声,把扇子拿到鼻子前,"嗯,真的,智美,你的鼻子真灵光。"

"在储藏室里找到的吗?"

阿公点了点头,把扇子合了起来:"送你。"

"可以吗?"

"嗯,你拿去吧。"

"这是什么时候买的?"

"不太清楚。"阿公陷入了沉思,"以前吧,很久以前。"

我太惊讶了。因为我真真切切地感受到阿婆在这里。一切都太突然,太鲜明了,阿婆死了之后,我以为这种感觉也跟着消失了,没想到，那种感觉并不是从遥不可及的地方飘然降落，而是从我的身体深处涌现出来，这件事令我惊讶不已。

"你的脸色很差，"阿公又说了一次，然后问我，"你发烧了吗？"

"阿公，这把扇子可不可以先放在你那里？我现在急着要出门。"

"你没事吧？"

"嗯。"

"那就路上小心。"阿公说完，穿上玄关的拖鞋，为我打开了门。暖风一下子吹了进来。

"风琴已经拆解完了吗？"

"嗯，已经拆解完了。"

"谢谢阿公送我扇子。"我说完之后，冲到云以惊人速度流动的天空下。

风恣意狂吹,而且愈来愈强劲。前一刻才觉得好像有一道肉眼看不见的墙挡住了去路,下一刹那,又有一股力量在背后推着我。我走在路上,身体微微向前倾,头发也被吹乱了。

好不容易来到游览车那里,却不见小哲的身影。他去哪里了?我无力地蹲下来,背后传来"咔嗒"一声。回头一看,原来是库洛。小哲说的没错,它脸上的皮肤都露出来了。

"库洛,小哲有没有帮你喷药?"

我伸出手,库洛后退着,无声地叫着。虽然它张开嘴巴想要发出叫声,却完全没有声音。它一次又一次张着嘴,最后终于心灰意冷地走进游览车。

怕惊动那些猫,我躲到那些破烂后面悄悄观察,走了一圈。那些流浪猫做出好像烤鸡一样的姿势,蹲在那里不动,身上的毛的确掉得很严重，有些猫身体露出的粉红色皮肤，就像大海中浮现的岛屿，也有些猫耳朵上的毛全掉光了。即使掉毛情况没有这么严重的猫，全身也都干巴巴的。我后悔自己没有更早发现。

"以后每天都会来帮你们喷药。"我无法不出声对它们说这句话。

我发现一辆掉了轮胎、好像恐龙骨骼的机车——八成又有人把垃圾丢来这里。坐在机车上的猫也是新来的，它的叫声尾音拖得很长，好像在呼唤。我缓缓靠近，那只猫很紧张地张大了眼睛，立刻转身躲去铁板后方。

小哲到底去了哪里……？

这时，我的脚被什么东西绊了一下。是洒水壶，是笨重的旧铁皮洒水壶。我试着拿起来，内侧湿湿的，闪着黑光。一定是小哲拿来的，但为什么像丢垃圾一样丢在这里？

我突然感到不安。

游船池畔也不见小哲的身影。果然不应该让他一个人来这里。各种负面的可能性在我脑海中不断膨胀。小哲会不会又遇见那个男人……果真遇见的话，小哲一定会冲过去。我想起小哲昨天的眼神。

聚集过来的猫得知我并没有带食物来，又纷纷散开了。只有黑鼻和其他几只小猫在脚下抓我的袜子。

"小哲来过吗？有没有来过？"我把黑鼻抱起来问，黑鼻挣扎着，"告诉我啊。如果小哲来过，你叫一声；如果没有来过，就叫两声。好吗？"

但是，黑鼻没有叫，反而抓了我的大拇指指根。

"好痛。"

黑鼻灵巧地落地后跑走了，我注视着渗出红色血液的纤细伤口，用力搓着那里。

太奇怪了，我竟然会这么不安。我果然在害怕。真没出息。小哲可能只是把洒水壶丢在那里去河边玩了。

即使这么想，我仍然无法感到安心，不知如何是好，只能离开那里。来到昨天遇见那个男人的丁字路口，眼睛深处一阵晕眩，我咬牙忍耐，瞪着转角的远方站在那里。迎面走来一个牵着狗的爷爷和一个身穿和服的女人。目送那个女人离去后，只剩下风吹舞着沙尘。我再度独自走在看起来很陌生的住宅街，茫然地思考着刚才在游览车那里看到猫时，好像突然想起了的事。

那是小哲五岁左右的时候，每次都是爸爸用电动剪发器为他理发，但爸爸的技术很差，小哲又怕痛，所以每次都理得像狗啃一样。那次理得特别糟，小哲的头上有三个地方都被剃光了，而且都差不多有一百圆硬币大小。妈妈很生气，从爸爸手上抢过电动剪发器想要修补，结果小哲头上又多了一个一百圆硬币。小哲哭肿了眼睛，完全无力抵抗，甚至好像听不到爸爸和妈妈在他耳边争执的声音，任凭他们的摆布。我看着小哲，忍不住哭了起来。小哲的头发被理得参差不齐，而且还要被推来推去，实在太过分了。爸爸和妈妈终于安静下来，小哲对我说了好几次"没关系"，看到我一直哭个不停，还拿出他心爱的鳄鱼娃娃说："送给你。"我走在街上，独自笑了起来。现在回想起来，觉得很滑稽。看到掉毛的流浪猫，竟然想到这件事，似乎有点对不起那些猫。但是……爸爸和妈妈那时候也会吵得很凶，但至少不会像现在这样。

　　转过街角，来到家门口的那条路。起初我以为是幻听——我听到了好像在呻吟般细弱的声音。是小哲。当我发现声音是从隔壁传来时，立刻冲进了自家庭院，站在晾衣架那里的旧碗柜上，用尽全身的力气爬上围墙。

　　起初我不了解发生了什么状况，还以为是前一刻不安的心情让我做了这样的梦。邻居爷爷抓着小哲的手臂，想要把他拉向庭院后方的焚烧炉。"我终于逮到你了,你打算怎么处理它?"

我看到小哲手上抱着一只好像破布般的猫。

"你是不是还想像上次一样?你这个小鬼太无耻了。"爷爷可能正打算去散步,手上拿着拐杖,正用拐杖戳着猫。小哲扭着身体,想要保护那只猫。

我也以为小哲又想把死猫丢去邻居家,但我想错了。虽然那只猫浑身无力,但会时不时地动一下。身上掉了很多毛,眼睛微闭的猫痛苦地在小哲手上挣扎着。"它生病了。"小哲说话的声音破了音,"放开我,它很痛苦,我把它带回家,想要在家里照顾它。"

"你赶快说实话,之前就是你把死猫丢来这里。"

"不关我的事。"

"你给我听好了,"爷爷摇晃着小哲,然后用力把他拉了过去,"我无法原谅别人说谎!"

听到这句话，小哲内心的某个开关好像突然打开了。

"说谎的是你自己吧！"小哲的脸、全身都扭曲着，"是我干的，因为你是坏蛋，因为你说谎，所以我才这么做！"

"你……！"

邻居爷爷浮着青筋的手举起了拐杖。小哲，危险……！

我以为是远处传来惊人的惨叫声，但那是跨坐在围墙上的我发出的惨叫。我这辈子都不会忘记他转头望我的脸。他紧握着用力举向空中的拐杖，脸上没有愤怒，也没有惊讶，更没有愧疚，只有些许的不悦。我对着那张好像戴了假面具般没有太多表情的脸叫了很久很久。我要在你的面前变成这个世界上最可怕的东西……！

我持续呐喊，不知道自己到底呐喊了多久，直到呐喊占据了我的全身，把所有的一切都挤出来。

我只记得他的眼中闪过一道光。我跨坐在围墙上，不知道什么时候用力闭上了眼睛，小哲抓住我的脚踝摇晃："姐姐，姐姐。"小哲抬起满是眼泪和鼻涕的脸看着我，抽抽搭搭地叫着我。我跳在潮湿的泥土上。

瘦骨嶙峋的老人拿着拐杖，倒在庭院冰冷的泥土上，就像是干掉的空壳。

"怎么回事？"小哲浑身发抖，紧紧抱着我，"他突然倒在地上。"

"小哲。"

"嗯。"

"你没事吧？"

"嗯。"小哲回答后，再度放声大哭起来，"我没说谎，我只是想把猫带回来照顾，但这家伙刚好出门……"

我抱着小哲的背。

天色渐渐暗了下来。邻居奶奶可能出门买东西了,家里没有灯光。如果不理会他,他就会死。可能、也许……即使真的发生这种事,也不是我的过错,不是任何人的过错。这种家伙,死了也不关我的事。

风吹过我的耳边。一回头,我看到了围墙另一侧的家,靠东侧的储藏室窗户这个时间应该已经亮起了灯,但是这里看不到储藏室的灯光。不知道为什么,我突然觉得自己的家变得很遥远。

我再度看着倒在地上的邻居爷爷,然后又看向自己的家。心突然变得平静,好像被棉花包了起来。我发现自己站在十分危险的十字路口,一旦走错了路,就再也无法回头了。

我想回家。我想要回自己的家。我爬上樱花树,跨越围墙,跳到自家的晾衣区。虽然膝盖撞到了,但我丝毫不觉得痛。我穿过户外储藏屋,打开了后门,脱下鞋子。小时候,即使迷了路,只要放声大哭，就可以解决问题。无论走去哪里，都会有人牵着我的手。但是，现在不一样了。

家里很暗，我就像在水中行走般，觉得路途很遥远，幸好没有撞到任何东西，也没有停下脚步。我站在客厅的电话前，拿起了电话，然后拨了一个虽然非常熟悉，却是第一次拨打的三位数号码。

"喂，有病人，请派救护车过来。"

我说了地址和邻居家的名字后，挂断电话。一片寂静的世界终于渐渐有了声音。

然后，我昏倒在地。

生活仍会继续

千头万绪涌上心头，我用力闭上了眼睛。眼睑上浮现出白色的光团。我更用力地闭上了眼睛，当我再度张开眼睛时，天空更蓝，白光更清晰地勾勒出小哲、流浪猫、阿姨和废弃游览车的轮廓。

小哲告诉我，我露出就像是被丢弃在沙漠的人，看到海市蜃楼的泉水般的眼神后，就消失在围墙的另一端。小哲呆若木鸡地站在那里，甚至忘记了哭泣，抱着无力瘫在他手上的病猫，战战兢兢地戳了戳倒在地上的爷爷。爷爷一动也不动，当他想要再度戳爷爷时，听到身后传来一声轻微的惊叫。奶奶瘫坐在地上，购物篮内的东西撒了一地。小哲立刻跑了过去，奶奶紧紧抱住了他。虽然奶奶想要站起来，但穿着灰色鞋子的脚一直在泥土上打滑，结果连小哲也被拉到地上。不一会儿，救护车来了，救护人员把爷爷和奶奶抬上车后，只剩下小哲一个人。

我躺在医院的病床上听说这些事。我只记得昏倒在电话旁时，是阿公把我抱了起来。我发了高烧，当天晚上住进医院。什么都不知道，也没有做梦，一直在病床上昏睡。事后才知道，我直到第四天早晨才醒来。

那天早上，陌生的白色房间内洒满金色的光，我甚至懒得思考自己到底在哪里，只觉得像甘蜜般柔软的水缓缓在体内循环的感觉很舒服。窗外是明亮的天空，樱花竞相绽放，在樱花周围飞舞的鸟啼声渗进刚醒来的身体每个角落。

妈妈坐在窗边的椅子上睡着了。头发凌乱，脸上没有化妆，嘴唇上只剩下少许口红的妈妈不停地点着头打瞌睡。妈妈。我很想叫她，却叫不出声，但我很满足。

"我带回家的猫尾巴很粗，所以我帮它取了'尾尾'的名字。

妈妈原本说不行,但后来又说,如果只有一只,那可以在它病好之前暂时住在家里。它比之前稍微好一点了,但好像很怕冷,整天都在发抖,所以我向阿公要了一条旧毛毯,围在它的身上。阿公还告诉我,可以在牛奶里加营养剂让它一起喝,所以我就这么做了。阿公说,我还是小婴儿时,不太喝牛奶,他经常用这种方法喂我。如果一下子加太多就不行,尾尾好像不喜欢那种味道,有时候干脆不喝了。"

我半梦半醒,小哲的话就像晃动的火焰般流入我的身体。有一天,小哲在我的病床旁走来走去,轻轻摸着我的被子,自言自语地说:"猫都慢慢好起来了,姐姐也要好起来。"

起初,我无法发出声音。虽然我很担心自己是否再也无法说话,但没感到太大的不安。爸爸和妈妈一脸担心地看着我,也努力和我聊天,我觉得他们的样子很滑稽。

我因为一件很微不足道的事顺利开口说话了。晚上,爸爸、妈妈和小哲回家吃饭，阿公来病房看我。阿公没有问我为什么会在电话旁昏倒或是其他的事，但我猜想他什么都知道。阿公拿出从家里带来的东西，好像突然想起什么似的对我说："隔壁的今天出院了。"太好了，原来他没死。当我这么想时，泪水不停地滑落脸颊。阿公看着我点了点头，把阿婆的扇子放在我枕头边的书上。

想到邻居爷爷万一死了，我就发自内心地感到不寒而栗。也许是阿婆在天堂拜托神明，所以才没有发生这么糟糕的情况。无论人还是猫，只要活在这个世上，就总会软弱、无助，总有一天会死；就像随着潮涨潮落，在岸边晃动的小木片，有朝一日，就会被海浪冲走。但是……

阿婆一定会眷顾我。我想起小时候，每次我哭闹时，阿婆都会对我说："智美，你很了不起，想把在妈妈肚子里的事都说出来，但这并不是一件容易的事。"当时，我并不太了解这句话的意思，也一直忘了这句话。但是，只有阿婆对我说这句话……

我轻轻握住扇子。

"要不要吃苹果？"阿公打开床头柜抽屉，"呃，刀子在哪里？"

"在红色包包里面。"我小声回答。

七月中旬，期末考结束后的星期六，我和阿姨坐在废弃游览车旁边那张弹簧已经露出来的沙发上观察着流浪猫。

我已经快三个月没有见到阿姨和这些猫了。五月之后，我开始去学校上课。一到学校，就开始拼命追赶课业进度，每周六、周日都忙着参加社团活动和比赛。

"所以，你最近很努力。"阿姨额头上的汗珠闪亮，"智美，你晒黑了，而且你换了发型，我差点认不出你。"

"很奇怪吗？"我用指尖抓着头顶的头发，"这么短，你看。"

"不会奇怪,很适合你。"

"而且我变胖了。"

"这哪算胖?"阿姨一笑置之,"多了一点女生的味道。太好了,太好了。"

她说"太好了,太好了"时有种感慨,我忍不住笑了起来。

真的好久不见了。我抬头看着在蓝天中缓缓前进的白色飞行船。那天的天空是灰色的,风很大。一切都不一样了,就连高速公路的噪声听起来好像也不一样。

"这张沙发好像是上个月被丢到这里的,原本没有坏,我还想搬回家,但我没有车子,结果没多久,就变成这样了。"阿姨试图把从破洞中露出来的弹簧塞回去。

"只剩下不到一半了。"我看着吃完饭后正在梳毛的流浪猫说道。

"真的很惨,"阿姨轻轻摇着头,"因为会传染,所以完全束手无策。"

"是吗？"

"小哲每天拎着旧洒水壶来这里，虽然很重，但他还是费力地为猫喷药。那些猫不愿乖乖就范，都会逃走，还会抓他，他那时候真的很辛苦。"

风吹拂阿姨凝望着远方的脸。

"虽然他很努力，但几乎每天都一只一只减少。有一天，小哲抱着洒水壶摔倒了，药水全都洒了，他哭了。我就对他说，不要再喷药了，猫会死也是无可奈何的事。"

"小哲怎么回答？"

阿姨笑了笑说："他生气了，对我说：'阿姨，你怎么可以说这种话？我不会放弃。'"

阿姨移开放在沙发上的手之后，弹簧又弹了出来。

"不久之后，猫的皮肤病突然结束了，就像是台风过境，太可怕了。突然出现，死伤无数，然后又一下子结束了。"

我似乎听到海浪的声音，听到带走了某些东西，又带来某些东西的海浪声音，但也可能只是高速公路的声音。

"阿姨，有些事真的是无可奈何。"

"嗯。"

"但是，小哲那么努力是对的。"

阿姨用力吸了一口气，声音沙哑的她用比平时更低沉的声音说："所谓勇气，就是为无可奈何的事奋战。"

我也用力吸了一口气。在吸满了夏天气息的胸中，向在不知不觉中结束的春天说再见。我说不清楚这个春天和小哲一起做了什么，但我希望可以把从早到晚和小哲腻在一起的那段时光所发生的那些事全都记住。别人丢的破烂、流浪猫和雷声，只要缺少任何一项——今年春天的一切都会不一样。

"我爸爸和妈妈不再吵架了。"

我记得好像没有和阿姨提过这件事，但阿姨很干脆地回答："是吗？"

有一天，我要和阿姨聊更多自己的事，也要多了解阿姨。我想知道阿姨的事，也想问她照片中那个男孩的事，这就像慢慢地、慢慢地和猫变成朋友一样，就像我慢慢变成大人一样。

"明天就要搬家了。"我说。

"小哲告诉我了，他很兴奋地说，要每天搭公交车上学，但只是在改建的这段时间而已吧？"

"嗯，冬天的时候就搬回来了，到时候还会来这里。"

"我会等你们。"

小哲从高速公路的水泥桥墩后方露出身影。他双手握拳，把脚踢得很高，正在练习空手道的踢腿。灰色的猫走到摇摇晃晃前进的小哲前面，懒洋洋地打着哈欠。是尾尾。它的皮肤病好了，现在已经胖了不少，也变成了我家的成员之一。爸爸说，搬家的时候，也要把它带去新家。爸爸和尾尾经常在一起发懒，好像很合得来。

"小哲开始练空手道，每个星期去道场练习三次。"我说。

小哲踢腿太猛，一屁股坐在地上，尾尾对着他摇尾巴，轻轻叫了一声。小哲不知道对猫说了什么，然后站了起来，再度练习踢腿。悠然踱步的尾尾看起来像是空手道的教练。

"他说要变强壮，"阿姨看着小哲，"只不过恐怕没那么容易。"

"我也觉得。"

"但是他对我说：'阿姨，等我变得很强壮，不会让任何人碰你一根手指。'他不知道在想什么，真是吓了我一大跳。"

千头万绪涌上心头，我用力闭上了眼睛。眼睑上浮现出白色的光团。我更用力、更用力地闭上了眼睛，当我再度张开眼睛时，天空更蓝，白光更清晰地勾勒出小哲、流浪猫、阿姨和废弃游览车的轮廓。

"小哲啊，"我大声说，"他知道很多动作的名称，因为他看了很多空手道的书。"

阿姨站了起来，大声叫喊："小哲，要回家了！"然后推着脚踏车爬上堤防的斜坡。

河边的草丛一片绿油油，风吹过时，在草上留下了痕迹，一直延续得很远、很远。

我们的鼻尖冒着汗珠，燕子从我们头顶上飞过。

翌日，爸爸抱着装了尾尾的宠物篮，和阿公一起坐上搬家的卡车。车子离去后，我们回到空荡荡的家中，喝了剩下的麦茶。妈妈、小哲和我要自己搭公交车去新家。

"这栋房子不是要拆了嘛，"小哲说，"如果可以保留在其他地方就好了。"妈妈有点惊讶地看着小哲，然后对他说："当然会保留啊。"说完,妈妈笑了起来。

"保留在哪里?"我和小哲同时问道。妈妈指了指自己的头说:"这里。"然后又把手放在胸口,"不对,应该是这里。毕竟住了那么多年,我知道这个家的每个角落,即使现在突然瞎了,也不会弄错。"

"妈妈,那你试试看。"

妈妈把围裙绕在头上,然后用力绑起来,当成了眼罩。她站起来,在家里走来走去说:"这里是浴室的开关。""这里是楼梯。"简直就像可以看到一样。虽然家里的东西都搬空了,但妈妈说着:"这里是阿公的抽屉。""这里是电视吧。"好像那些东西还留在原地,她正在抚摸那些东西。小哲和我都觉得很好玩,也用自己的手遮住眼睛,有时候偷偷张开一条缝,在妈妈身旁抢先叫着:"这里是厨房的桌子。""这里是壁橱,上层的这里放了熨斗。""这里是挂门钥匙的钉子。""这里是厕所的灯。""这里是小哲的涂鸦。""这里是阿婆的和室椅。"……我们闭上眼睛,接二连三地想起阿婆的缝纫机、小哲小时候坐的儿童餐椅这些很久之前就已经不见的东西的位置。房子发出"吱吱咯咯"的声音,好像在回答我们。

在我出院后不久、新家设计图完成的那一天,我很犹豫该不该问围墙是否保持原状。妈妈可能猜中了我的心思,注视着我,然后斩钉截铁地说:"妈妈决定忘记那件事,况且我们家的围墙一直在那里。智美,你可以接受吗?"

我不知道大人之间如何商量、决定了这件事,但看到妈妈当时的表情,我知道已经没事了。既然妈妈认为没问题,我当然不可能有什么意见。

在家里巡视了一圈后,我拉着妈妈的手,从后门来到门外。户外储藏屋的门轨道歪了,我打不开,小哲走去晾衣架那里。

"储藏屋我就不太清楚了,而且里面应该已经没东西了吧?"

妈妈想要拆下眼罩,我请她先不要拆。

储藏屋内已经整理干净,拆解后用绳子绑起的风琴放在原本脚踏车的地方。

"妈妈,你蹲下来。"我把妈妈的手轻轻放在原本是风琴盖子的木板上。

"这是什么?"妈妈偏着头问。

"是你的东西哟。"

妈妈用手掌摸了好几次,确认了长度,终于露出了笑容。

"风琴。"妈妈拿下眼罩,在已经无法发出任何声音的键盘上弹了起来。

"那是什么曲子?"

"我忘了曲名……"妈妈小声地唱了起来,"风琴的乐谱上有这首曲子,每次我练习时,阿公就会小声哼唱。你是不是很难想象阿公会唱歌?"

睡在游览车的那天晚上唱了《月光沙漠》是我和阿公之间的秘密。

"姐姐、姐姐,你来一下。"小哲在叫我。

妈妈站了起来:"赶快进屋,我收好杯子,我们就要离开了。"

小哲站在晾衣架那里,背对着我,正仔细打量手上的东西。

"干吗?"我看向隔壁。那天之后,我不曾看过邻居爷爷出现在庭院里,有时候看到奶奶站在阳台上,缓缓梳着平时总是盘在头上的一头白发,会梳很久很久。庭院里的树木没有修剪,樱花树上有很多绿叶,开了花的夹竹桃沉重的树枝压在我家储藏屋的屋顶上。

"我在东瀛珊瑚的树下发现的。"小哲转过头,把捧着的双手伸到我面前。

那是三个长度约两厘米的小蛋,颜色都有点偏黄。

"鸟蛋?"我问。

"应该不是,是在阴凉处的草丛里,我猜……"这时,其中一颗蛋摇晃起来,小哲和我都屏息观察着。蛋壳裂了缝,清澈的水涌了出来,当蜥蜴湿答答的黑色脑袋探出来时,我们同时惊叫起来。我无法不叫出声音。惊讶和无法用言语表达的某些东西变成了叫声,从我的身体涌出。我的体内并非只有怪物而已,就像刚才破壳而出的小蜥蜴一样,还有很多我不曾遇见过的"我",我希望有朝一日,能够和每一个"我"牵起手。

才刚诞生的小蜥蜴不知所措地东张西望,小哲立刻迅速地用另一只手盖了起来。

"小哲,把它带去帘沼,我们家的房子明天就要拆了。"

"对,那里应该没问题。"小哲从手指的缝隙中向里张望,"不知道它叫什么名字,晚一点去查一下图鉴。"

"小心别把蛋压破了。"

"我知道。"

我们慢慢地、就像摸索着前进的人一样迈开步伐。

名家推荐

面对不尽如意的人生,我们仍要奋战

角田光代
日本小说家,直木奖、川端康成文学奖得主

刚从小学毕业的女生桐木智美的梦境,拉开了《那年春假》这个故事的序幕,梦中的她变成了怪兽,发出可怕的叫声,被人轻视,令人闻之色变。

春假是一个会让学生失去身份的时期。比方说,一年级和二年级之间,或是小学毕业升上中学,以及中学毕业升上高中的期间就是如此。回想起自己小学毕业那一年的春假,搭公车时,我曾经有过不知道该付多少钱的困惑。因为小学生是儿童票,中学生就是成人票。我已经不是小学生了,但还不算是中学生,到底该买哪一种票?这正是只有在春假的时候才能够体会到的、不着边际的感觉。

智美一家有五个人,阿公整天忙着整理储藏室,当译者的父亲很少回家,妈妈外出工作,弟弟喜欢看书又博学。这个家庭同时存在着各自的时间、各自的世界,阿公的世界、父母的世界和孩子的世界。不同的世界不会混在一起,我认为这正是这部小说不可动摇的真实性。回想自己以前住在老家时,我的确生活在属于小孩子的时间、小孩子的世界中,既不知道父母在谈论什么,也不知道他们在想什么,他们也不会进入我的世界。在"家"这个空间内,同时存在好几个世界,这些世界有些许的交集,但绝对不会混在一起。

智美在小学毕业的那一年春假,为自己到底该属于家中存在的哪一个世界而感到迷惘。自己似乎已经走出了之前和弟弟小哲一起所属的小孩子的世界，但离父母的世界还很遥远，对于失去了阿婆的阿公身处的世界又难以理解，而且觉得更遥远。她想要离开那里（或者说是被赶了出来），抬起了一只脚，却找不到落脚的地方，只能不知所措地抬着脚，身体无法保持平衡。

寻找猫尸体的小哲和智美认识了在附近喂流浪猫的阿姨，并开始和她一起喂食流浪猫，但日子并不平静。智美出现了不明原因的头痛，经常沉睡得忘了时间，而且持续做很多奇妙的梦。小哲憎恨因为围墙的位置而和自己家发生冲突的邻居老人，把猫尸体丢弃在邻居家的院子里。

智美的头痛和奇妙的梦，说起来就是从小孩子变成大人过程中蜕变的疼痛。智美和小哲是感情很好的姐弟，但智美却清晰感受到了和小哲之间的界限。一方面，她对小哲从书本上了解的世界，比如，"坏人、坏事就是坏的"的简单世界眷恋不已；另一方面，头痛和奇妙的梦叠加在一起，让她对并不简单的大人世界感到朦胧不清。

身为译者的父亲很少回家,每次回家,都和母亲吵架。

阿公几乎每天都窝在储藏室内。

独自住在公寓的阿姨骑着脚踏车,每天都要去两个地方喂流浪猫。

邻居的老人经常大声责骂他的太太,坚持不愿意将占据了他人土地的围墙移回原位。

智美觉得每个人都很自私,都只顾自己,都封闭在自己的世界中,不愿向外踏出一步。没有人发现智美已经要离开小孩子的领域,没有人发现她已经长大,甚至被变态偷袭了胸部。

身为读者的我渐渐觉得,也许智美并不光是因为蜕变的疼痛感到不知所措,是否还面临了极其重要的人生危机?

我经常觉得,在人生过程中,会遇到几个就连当事人也难以察觉的危机,这些危机隐藏在日常生活中,甚至不太适合用"危机"这两个字。但是，如果无法度过这些危机，之后的人生就会发生很大的变化，一旦被危机困住，之后就会不断回头。比起光明，会更容易看向黑暗。少女智美是否也面临了如此重大的危机？如果让智美继续睡下去，让她继续陷入奇妙的梦，会不会导致无可挽回的后果？

当我的不安渐渐膨胀时，智美开始用激烈的手法自我治疗。她突如其来地离家出走了，出走的地点是破旧游览车，这里因为阿姨经常前往喂食，而变成了流浪猫的地盘。

智美住在游览车上，阿公担心地来看她。平时整天都在整理储藏室，连智美都觉得难以理解的阿公在废弃游览车上开始了静静的诉说。阿公的回忆没有说教，也没有启示，但我在这一幕中，感受到以各自为中心的世界在智美的内心渐渐产生了交集。在产生交集后，智美虽然依旧不了解别人的世界，但她第一次认识到，别人是别人这件事。大家并不是自私，并不是只顾自己，而是分别有不得已的理由，让他们不得不这么做。善心并不一定能够发挥正面的作用，这个世界上存在着难以理解的恶意。我认为智美不是用脑袋，而是用身体了解了这件事，她了解到长大成人，大人生活在世界上，就必须和这些事共存。

智美还必须和另一件事妥协。那就是死亡。智美在这时才第一次提到阿婆的死。她说出了当初看到阿婆痛苦不已，所以希望阿婆快死这件事。智美始终把这件事深埋在心里，无法启齿，这成为她内心巨大的痛苦。这也许是造成智美头痛的重大原因。

汤本香树实在作品《夏日庭院》《白杨树之秋》《夕照之町》，以及绘本作品《熊和山猫》中，都用各不相同的方式描写了死亡。在不同的作品中，用不同的形态谈论死亡，唯一的共同点，就是这位作家无论在任何作品中，都绝对不会把死亡视为一件特殊的事。既不会把死亡作为赚取读者眼泪的工具，也不会美化死亡；既不会当作是难以跨越的心灵创伤，也不会让死亡发挥重新确认生命意义的作用。我每每认为，在汤本香树实的小说中出现的死亡，如同我们在现实生活中，遭遇他人的死亡。

当亲近的人死亡，第一次经历死亡这件事时，我们会陷入混乱，完全难以理解是怎么一回事。但是，我们必须接受在迄今为止遇到的所有事中最难以理解的这件事，没有拒绝或逃避的选项，我们只能接受。我们在感到混乱、难过之前，会先流泪哭泣，任由这个无法完全消化又不得不接受的事实在内心翻滚，承受着在翻滚的过程中渗出的悔恨和痛苦，然后愕然地发现，我们无法和他人共有如此重大的痛苦。我们不仅无法和他人共同拥有这种痛苦，而且也无法借由共同拥有而减轻这份痛苦，这种无法和他人共同拥有的绝望，也令我们感到混乱。

这就是作家汤本香树实笔下的死亡，就是我们在现实生活中遭遇的死亡。无论体会多少次，都会一再栽跟头。智美第一次遭遇阿婆的死亡，她的内心无法吸收，也无法排解，这种痛苦和不自在的感觉，持续留在她的内心。

当智美说出这件事后，阿公对她说：

"如果你年纪更小，应该就不会这么想吧？"

这句话多么轻描淡写，却又多么值得信赖。这句话并非冠冕堂皇，也并非虚应故事，而是实实在在的一句话。阿公的这句话，让智美觉得成为大人并非一无是处。原来可以混乱，原来可以继续感到后悔、痛苦，原来不需要试着减轻痛苦，原来可以用这种方式和离开人世的人共生。这正是大人的特权。

于是，我觉得"得救了"。没问题了，这个孩子得救了，她用这种方式度过了重大的危机。

智美在游览车上度过那一晚之后，虽然不是很明显，但的确慢慢地接受了逐渐蜕变的自己，也同样接受了"难以理解"这件事。

我们生活的世界的确有很多难以理解的事。即使不看报纸上那些难以置信的犯罪、世界各地发生的暴动和战争，在日常生活中，也充斥着各种难以理解的事。为什么有些人要插队？为什么有人会为一些芝麻大小的事大发雷霆？明明这么做比较好，为什么有人选择其他的方法？每个人都按照自己的逻辑生活在这个世上。

但是，智美学到的并不是不去理解那些事，也不是闭上眼睛、捂住耳朵说自己无法理解。看到弟弟持续用药物治疗那些得了不明疾病的流浪猫，智美终于理解了。她和喂猫的阿姨之间有以下这段对话。

"阿姨，有些事真的是无可奈何。"

"嗯。"

"但是，小哲那么努力是对的。"

阿姨用力吸了一口气，声音沙哑的她用比平时更低沉的声音说:"所谓勇气,就是为无可奈何的事奋战。"

长大就是会遇到这些无法了解的事、难以理解的事和无可奈何的事,智美从中学到的并不是旁观的手段。破铜烂铁、流浪猫、雷声、梦境、邻居的老人、父亲和母亲的争吵、喂猫的阿姨、头痛、毕业典礼的回忆、关于阿婆的回忆、游览车的夜晚、小哲的努力,无论好事还是坏事,"如果缺少一件",智美恐怕就难以理解,同时,她也从中了解了"为无可奈何的事奋战"就是勇气。

看了这本小说后,我觉得死亡这件事,也是我们必须奋战的一件重大的"无可奈何的事",无论是面对他人的死亡,或是自己的死亡都一样。不是带着"人终有一死"的旁观者的态度,而是不顾一切地向"死亡"这件人类无可奈何的事迎战,这才是和他人的相处之道,进一步而言,这才是人生。把储藏室的破烂拆了又修的阿公、持续喂食流浪猫的阿姨用简短而又轻描淡写的话,不，他们不是用话语，而是用行为传达了这件事，传达给智美，也传达给我们。

于是，世界就在智美的面前变得美好。

我更用力、更用力地闭上了眼睛，当我再度张开眼睛时，天空更蓝，白光更清晰地勾勒出小哲、流浪猫、阿姨和废弃游览车的轮廓。

当智美和难以理解的事握手言和后，世界在她面前绽放出美丽的光芒。春假期间发生的一切，为差一点陷入危机的她指出了正确的道路。她迈开大步，直直地走向充满阳光的日子。

在这部小说中，几乎所有的事情都没有解决，作者也完全没有加以说明。父亲和母亲到底怎么样了？为什么母亲会去父亲的工作室睡觉？喂猫的阿姨家中照片上的那个人是谁？阿姨为什么一个人住？那个变态怎样了？邻居老人之后又怎样了？小说中没有任何直截了当的交代，所有的一切都没有解决，正如我们的现实生活。

不可思议的是，虽然小说中有这么多悬而未决的事，但阅读后的感觉却很爽快，好像所有的事都得到了解决。智美获得了和所有难以理解的事奋战的勇气，这部小说也带给我们极大的勇气，去面对无法尽如人意的人生。

编辑荐文

春假里,有我们

余丽琼
作家,《东方娃娃》总编

我人生读到的第一本,也是最好的一本成长小说,是真美译的《夏之庭》(即《夏日庭院》)。想来,遇到这本书也是人生的大缘分。那年应霍玉英老师的邀请去香港做评审,就这么认识了同为评审的真美。她轻声细语,谦和安静温雅,但谈起图画书来就周身充满热度,有说不完的话……之前从未谋面的我们一见如故。那时候,在霍老师的书架上,放满繁体字版的儿童文学作品,我一本没读过,见她指着一排给真美看,"为这本买了这么多哦!"说着就抽出一本请她签名。我好奇,也跟着抽出来翻,绿色清爽的封面上写着"夏之庭",会是一本什么书呢?两位老师这么喜欢,一定没错,我就买下一本,也请真美签了名。

从回程的飞机上,我开始读它,没想到,这一读竟一头扎进去,根本不想出来。三个孩子和一个老人的故事就这样占据了我,他们上演着生死、爱和勇敢的人生剧情,我好像不再是一个读者,而是跳进故事里,变成跟他们在一起的隐身人,笑着哭着,又笑着……很多句子是真实的童音,分寸和力度既小心,又拿捏到位,每一句都直触心灵,我颠来倒去看了又看,爱不释手,甚至很长一段时间贴身带着这本书,随时拿出来看。地铁里,有时读完合上,久久地发呆,被书里的文字淹没萦绕……

我想,一定是上天的安排,才有这人生路上的另一扇门被打开,否则,迷迷糊糊的我,哪里知道,还有如此风景?哪里有福享用到这另一番美好？它推翻了我往常的阅读经验，它在告诉我：看到没有，儿童小说还可以这样写哦。

后来与霍老师说起，才知道那整片书架上的书都是她读后一本本挑出来的，于是我请她把上面所有的书寄来，我都要。就这么一本本读下去，我认识了它们，也第一次知道，它们叫成长小说。它是贴合孩子身心，陪伴他们经历人生种种问题，最终从暗夜走出，获得成长的小说。霍老师曾经以成长小说为研究课题著书，她的文章又帮我打开了理论的视角，了解到孩子在其中会获得怎样的人生启蒙和语言感受。

那一整年，我都在这些书里出不来。顺着霍老师这份书单再去查，又发现里面一大半已经译成了简体出版，但还有一些并没有。既然如此，为什么不努力一下，把那些还没有引进的书，买进版权，让我们的孩子读到？如果达成那样的愿望，那孩子们会不会也像我一样，有被领到另一扇门里看到别样风景的大幸福？

想到这儿,就有忍不住去大声告诉所有人的兴奋和冲动。

《那年春假》是《夏之庭》的作者汤本写的另一本书。这本特别的小说,没有《夏之庭》那么轻松,能让人一口气读完,但当你静下来,好好读它,你能感受到长大的每一寸细微时光里孩子都需要走过的灵魂动荡。书里,孩子的情绪一直在起伏涌动,那是成长萌动的迷茫、不解、怀疑、担心和种种不安,"我"与弟弟、与爷爷、与邻居、与陌生人的生活交错,与野猫们相处,与各种故事或近或远地相织,甚至遭遇冲突和性骚扰……"我"接受着成长的所有不适,也慢慢适应了成长的种种变化,细腻敏感的心思随着搬家和春假的结束舒展开来。读完,我好像看到了我自己也站在面前……

成长是直面和接纳,是经历和走过,对孩子来说,很不容易,当许多未知的人和事情冲撞而来时,他们最终要学会的是,用身体里小小的爱与他们共存于这个世界。

能引进这本书，是我们的幸运。

汤本也特别为中文简体版新写了序文，这一来，这本书好似有了为我们量身定制的分量。这种幸福，要怎么说！

其实，真正好的成长小说，都是为孩子量身定做的，也是为我们这些懵懂的大人量身定做的。跟孩子一起读这本书吧，这样，在孩子长大成人的路上，会因为我们懂他、支持他，在精神上聆听他、回应他，而走得更安全更轻快，未来也更有能量去做那个最好的自己吧。

春のオルガン
Haru no Orugan
Copyright © 1995 by Kazumi Yumoto
First published in Japan in 1995 by Tokuma Shoten Publishing Co., Ltd., Tokyo
Simplified Chinese language translation rights arranged with Kazumi Yumoto
through Japan Foreign-Rights Centre/Bardon-Chinese Media Agency
Simplified Chinese translation copyright © 2021 by Oriental Babies & Kids Ltd.
All rights reserved.
本作品译文由亲子天下股份有限公司授权使用
版权合同登记号 图字：10-2021-394 号

图书在版编目（CIP）数据

那年春假 /（日）汤本香树实著；王蕴洁译. -- 南京：南京大学出版社, 2021.9
（心绘文学馆. 成长小说系列）
ISBN 978-7-305-24795-8

Ⅰ.①那… Ⅱ.①汤…②王… Ⅲ.①儿童小说-长篇小说-日本-现代 Ⅳ.①I313.84

中国版本图书馆 CIP 数据核字 (2021) 第 146044 号

	那年春假
出版发行	南京大学出版社
社　　址	南京市汉口路 22 号　邮　　编 210093
出版人	金鑫荣
项目人	石　磊
策　划	刘红颖
特约策划	余丽琼
丛 书 名	心绘文学馆·成长小说系列
书　　名	那年春假
著　　者	［日］汤本香树实
封面绘制	［日］酒井驹子
译　　者	王蕴洁
责任编辑	邓颖君
项目统筹	李丹蕾　李　诗
美术编辑	陈子晨
印　　刷	徐州绪权印刷有限公司
开　　本	889×1194　1/32　印张 8.125　字数 120 千
版　　次	2021 年 9 月第 1 版　2021 年 9 月第 1 次印刷
ISBN	978-7-305-24795-8
定　　价	34.80 元

网　　址：http://www.njupco.com/　　https://dfwwts.tmall.com/
官方微博：http://weibo.com/njupco
官方微信号：njupress
销售咨询热线：（025）83594756　4008828980

* 版权所有，侵权必究
* 凡购买南大版图书，如有印装质量问题，请与所购图书销售部门联系调换